KB050978

서유기 · 게사르전 · 라마야나

실크로드로의
초대

서유기 · 게사르전 · 라마야나

실크로드로의
초대

나선희 저

學古房

┃ 일러두기 ┃

1. 이 책에 나오는 중국어 발음 표기는 국립국어원의 외래어표기법을 따른다.
2. 20세기를 좌우로 해서 중국은 큰 변혁을 겪었다. 인명 표기에 있어서 20세기 이전의 시기는 한자음으로, 20세기 이후는 중국어 음으로 표기하였다.
3. 본문의 경우는 한자와 중국어에 대해서 한글음을 달았다.

▌서문▌

　2016년 여름에 고교 졸업 30주년 기념식이 모교에서 있었다. 30년이면 짧지 않은 시간이었다. 그러고보니 고등학교를 졸업하고 대학에 들어와 중국학의 길에 들어선 지도 어언 30여년의 세월이 흐른 듯 싶다.

　중국소실 ≪서유기≫에서 시작 된 연구의 여정은 인도의 서사시인 ≪라마야나≫로 확대되었고 이어서 ≪게사르전≫까지 이어졌다. 이 이야기들은 실크로드의 길과도 겹치는 부분이 있었다. 사람들의 왕래 속에서 이야기 요소들은 전달되고 발전하기에 당연한 일인지도 모른다.

　≪서유기≫는 우리들에게 이야기의 재미를 주었으며 여기에 등장하는 손오공을 비롯한 여러 가지 인물상들은 지금까지도 반복 재생되면서 사람들에게 영향을 주고 있다. 또한 ≪라마야나≫에 나타나는 라마와 아내 시타의 이야기와 악신인 라바나와의 전쟁, 그리고 이들을 도와주는 원숭이 하누만의 존재. 이 원숭이 하누만은 ≪서유기≫의 손오공과 일직선으로 연결된다. 기회가 생겨 캄보디아의 앙코르와트 유적지를 가게 되었다. 앙코르와트의 ≪라마야나≫ 조각을 설명하던 여행가이드가 원숭이 하누만은 중국으로 전파되어 ≪서유기≫의 손오공이 되었다고 단언하였다. 학계에서는 설왕설래하는 사실을 확실히, 결론적으로 말해 주어서 인상이 깊었다.

　또한 ≪게사르전≫이 있다. 게사르 왕에 대한 이야기는 그의 영웅적인 탄생을 비롯해서 삼촌인 토통의 계략 때문에 고생하는 이야기라든지 아내인 세찬 두그모를 지켜내기 위한 전쟁이야기들로 연결되어 있다. 여기에 등장하는 게사르의 신통력이나 하늘을 날아다니는 마술적인 힘을 가진 말 컁고 카르카르의 존재들은 역시 ≪서유기≫ 속의 인물들과 어떤 연관성을 지닌다고 여겨진다.

    그런데 이들 작품들 속에서 나타나는 인물 속성이나 신통력 등의 공통 요소 외에서 이 작품들은 또한 작품 속에서 신화적인 공간을 그려내고 있으며 또한 이들 공간은 참으로 탈세속적인 공간이 아닌 세속화를 지향하고 있었다.

    이 책은 이 세 작품 중에서 우리나라에서는 연구가 비교적 덜 되어있는 ≪게사르전≫에 좀 더 많은 분량을 할애하였다. 특히 게사르전 탕카에 나타나는 역동적인 인물들과 구도는 상당히 높은 수준의 미적 감각을 보여주고 있다고 여긴다.

    이제 이렇게 책을 내놓게 되니 그동안 연구의 길에 도움을 주신 여러 선생님과 동료, 후배들 그리고 가족에게 감사의 염을 전하고 싶다. 이후에도 좀 더 겸손히 삶의 길을 순항하고 싶다는 생각이 든다.

    특히 책 출판을 흔쾌히 맡아 주신 하운근 사장님과 훌륭하게 만들어 주신 조연순 팀장님과 문성원 선생님에게 다시금 감사함을 전한다.

蓀汀(손정) 나선희

∥ 차례 ∥

I. 라마야나, 게사르전, 서유기
- 실크로드에 있는 세가지 이야기

1. 세 개의 이야기

실크로드는 동아시아 문화사 속에서 중요한 역할을 해왔다. 그 길을 통해서 많은 정보가 공유되고 전파되었다. 실크로드위에 놓인 서사문학도 각자의 민족에게 의미를 지녔으며 아울러 서로에게 어떤 형태든 영향을 미쳤을 것으로 여겨진다.

중국문학 작품 중에서는 소설 서유기의 원숭이가 실크로드에서의 서사적 전파라는 측면에서 중요하다. 이에 대해서는 이전부터 많은 논의가 있었는데 중국학자인 천인커(陳寅恪)와 지셴린(季羨林) 등은 이것이 중국 본래의 것인지 인도 서사시 라마야나의 하누만(Hanuman)에서 온 형상인지에 대해서 진지하게 고민하였다. 이들이 이렇게 고민한 이유는 서사문학이란 고정된 것이 아니고 서로 전파한다는 이야기 전파의 본질적인 속성에 대해서 주목하였기 때문이었다.

한편 라마야나와 티베트의 서사시 게사르전을 보자면 두 작품은 영웅서사시라는 공통점을 가지고 있으며 인도와 티베트라는 비교적 가까운 지정학적 이유 때문에 이들의 비교연구는 좋은 연구주제라고 할 수 있다.[1]

이에 대해서는 이 인물들의 직접적인 연관관계보다는 이들 이야기가 이야기 역사발전의 어떤 위치에 점하는지에 대한 접근을 통해 이해할 필요가 있다고 여긴다. 우선 각각의 서사작품들은 영웅적인 개인이 많

---

[1] 라마야나와 게사르전의 경우 구전서사시임이 학계에서 정설로 인정되고 있다. 이에 여기에서는 이 두 작품의 책 표시를 생략하였다. 한편 서유기는 역사적 사실을 바탕으로 장편백화소설로 거듭난 작품이다. 여기에서는 세 작품간, 비교의 편리를 위해 서유기의 책 표시를 생략한다.

은 난관을 돌파하고 목표를 달성한다는 이야기 자체의 공통점을 가지고 있는 것으로 보인다.

라마야나는 라마라는 위대한 개인이 아내인 시타를 라바나의 손에서 구해내기 위해서 고군분투하는 이야기이다. 그 중간에 형제들의 도움과 원숭이인 하누만을 비롯한 원숭이 군대의 도움을 얻는다. 이 라마야나는 인도가 이야기의 근원지이지만 이후에 동남아시아에 널리 퍼지게 된다. 현재 캄보디아의 앙코르와트 유적에도 이 라마야나의 이야기가 남아 있다. 또한 북쪽으로의 전파 양상을 알려주는 자료로서 최근에는 돈황(敦煌)에서도 옛 티베트어로 된 라마야나가 발견되기도 하였다.

앙코르와트의 원숭이 부조

한편 게사르전은 티베트의 실존하는 왕의 이야기를 바탕으로 생성, 확대된 서사시이다. 그는 부처의 명으로 지상에 내려와서 여러 어려움을 겪는다. 특히 주인공 게사르는 여러 가지 정복전쟁을 벌이면서 전투왕으로서의 모습을 보여준다. 이 게사르전은 라마불교를 통해 몽골로 전파되어 몽골 민족에게도 큰 영향을 미쳤으며[2] 바이칼 인근의 부리야트 족에게도 전달되어 그들의 정신세계를 풍부하게 해 준 것으로 보인다.

서유기는 당대의 승려인 현장의 고행기를 바탕으로 한 소설작품이다. 이 작품은 근원적으로 여행기의 형식을 가지고 있다. 승려인 현장과 그 제자들이 길을 가면서 그 중간 중간에 많은 적들을 만나서 그들과의 싸움을 통해 난관을 돌파하고 마침내는 부처님의 처소에 이르게 되는 이야기이다.

각각의 서사 작품은 모두가 주위에 광범위하게 영향을 미치면서 여러 지역에 전파되었다. 아울러 또한 하나 하나가 모두 개별적으로 연구의 가치를 가지면서 동시에 공통점도 가지고 있는 것으로 여겨진다.

2. 라마야나

2-1. 라마야나 출현의 역사적·철학적 배경

인도의 문화권은 지리적인 특성을 기준으로 했을 때 크게 세지역으로 나누어 볼 수 있다. 첫째는 인더스(Indus)유역, 둘째는 간지스(Ganga)유

---

2) 라마불교를 통한 티베트와 몽골의 문화적인 연관성에 대해서는 김호동의 ≪황하에서 천산까지≫(사계절, 1999년)의 39-40쪽을 참조할 수 있다.

역, 셋째는 빈드야(Vindhya)산맥 이남 지역이다.[3] 이런 지리적 배경 하에서 적어도 기원전 3000년경부터 인도에는 고도의 문화를 가진 민족이 살았다고 추측된다.[4] 그리고 기원전 1300년경에 인도에는 코카서스 지역을 중심으로 해서 살고 있던 아리아인들의 침공이 있었다. 이들은 인도에 침입해서 서북(西北)인도의 오하(五河 Panjab)유역에 정착하게 된다.[5] 이 시기로 추정되는 기원전 12세기경에 베다가 만들어지게 된다. 자연에 관한 외경 그리고 추상적이고 관념적인 실체들에 대해 신성을 부여하였던 베다의 신관은 신화적 우주관이었다.[6]

오하(五河)지방에 안주하던 아리아인들은 기원전 10세기경부터 동쪽으로 이주하며 야무나(Yamuna) 근처의 비옥한 평원을 차지하게 된다. 이 지역은 농업을 하기에 적당한 자연조건이었기에 유목생활은 농업생활로 바뀌게 된다. 그러면서 사제(司祭)를 중심으로 하는 계급사회가 확립된다. 바로 카스트의 성립이다.[7]

이처럼 동쪽으로의 이동을 계속하던 아리안들은 기원전 5세기 경부터 서서히 간지스강의 중류지방으로 이동하게 된다. 간지스 지역의 비옥한 토양은 풍요한 농산물을 산출하였고, 물질적 생활의 풍요는 점차 상공업의 발전을 촉진시켰다. 이처럼 전통적 농업사회가 붕괴되고 상업적인 도시경제가 발달하게 되면서 소도시들이 생겨나고, 군소국가들이 모습을 드러내게 되었다.[8] 이러한 사회적 변화의 기류 속에서 베다를 위주

---

3) 鄭柄朝 著, ≪印度哲學思想史≫, 경서원, 1977년 초판(1980년 재판), 13쪽.
4) 최근의 모헨조다로, 하랍파 등의 발굴 조사에 의하면, 이미 기원전 3000-2000년경에 정연한 도시 계획을 갖춘 사람들이 살고 있었다고 한다. 鄭柄朝, 위의 책, 14쪽.
5) 鄭柄朝, 앞의 책, 14쪽.
6) 鄭柄朝, 앞의 책, 16쪽.
7) 鄭柄朝, 앞의 책, 26쪽.

로 하는 브라흐만교의 부자연스럽고 인위적 폐습을 공격하는 종교들이 발흥하게 되었으니 자이나교(Jainism)와 불교의 등장이 있었다.9) 그리고 기원전 2세기경에 인도인들의 민족서사시라고 일컬어지는 마하바라타 (Mahabharata)와 라마야나가 성립되어, 기원후 4세기경에 현재의 모습 으로 확정되었다.10)11) 힌두의 르네상스기라고 불리는 굽타시대에 들어 와서 힌두 설화문학이 산스크리트로 다시 씌여졌다. 마하바라타와 라마 야나가 오늘날의 형태를 갖춘 것이 이때이다.12)

　이처럼 라마야나는 여러 세기 동안에 구두 전승되다가 기록된 것인 만큼 한 개인의 창작에 의해 성립되었다기 보다는, 예로부터 전해져 내 려오는 다양한 이야기들이 모아져서 방대한 작품으로 집대성되어졌다

---

　8) 鄭柄朝, 앞의 책, 40쪽.
　9) 기원전 6-5세기경은 동서양을 포함하여 고금에 독보적인 사상적 황금기를 열었다 고 말할 수 있다. 인도에서는 장차 세계종교로 발돋움할 불교가 출현하였으며, 같은 시기에 중국에서는 孔子의 儒家 사상을 비롯한 이른바 諸子百家 사상이 훌륭하게 꽃피었다. 중국 사상은 정치와 도덕에 깊이 관련된 현실적이라는 점에서 인도의 내세적인 불교와 대조적인 면을 보이며 동양 사상의 두 원류를 이루어 놓았다. (曹吉泰, ≪인도사≫, 대우학술총서. 인문사회과학 79, 1994년, 63-64쪽)
　10) 鄭柄朝, 앞의 책, 85쪽.
　11) 인도의 왕조들의 전개를 간단히 살펴보자면 기원전 5세기 도시국가의 번영을 기반으 로 해서 기원전 4세기 경에 찬드라 굽타가 마우리아 왕조를 성립한다. 이 왕조의 삼대째 왕인 아소카왕은 특별히 불교에 귀의하여 불교의 황금시기를 맞게 되며, 기원 후 40년 경에 카드피세스 1세의 쿠산왕조가 마우리아 왕조를 잇게 된다. 3세기 중반에 이르러서 찬드라 굽타1세에 의한 굽타왕조가 일어서게 되며 중국으로의 불교가 활발 히 전파되고, 중국의 승려들이 인도의 나란다대학에 와서 경전공부를 하게 된다.
　12) 경전 ≪바가바드기타≫(Bhagawad Gita)와 고대 인도의 역사적 사실과 전설의 보고 인 ≪뿌라나≫(Puranas)도 이 즈음에 현재의 형태로 완성되었다. 굽타시대에 힌두 문학을 산스크리트어로 다시 쓴 동기는 그리스인, 쿠산족, 파르티아인 등 이민족이 인도인들의 생활에 도입시킨 비아리안적인 이국적 요소들을 제거하기 위한 것이었 다.(曹吉泰의 위의 책, 156쪽)

골어본 그리고 남아시아에서는 그 이야기가 조각의 형태로 남아 있는 앙코르와트의 것을 살펴보고자 한다.

라마야나는 1975년 산스크리트어본 라마야나가 출판되었으며 1980년대에 지셴린(季羨林)에 의해 중국어로 번역되었다.[19] 그런데 돈황에서 발견된 옛날 티베트어본 라마야나역본은 역본사상 가장 오래된 것으로 약 1300년 전의 것으로 여겨진다.[20] 이를 통해 보자면 700년경에 이미 라마야나의 티베트어본이 존재하고 있었던 것이다. 이에 대해 런첸쮀마(仁欠卓瑪)는 라마는 비슈누의 화신으로서 농업기술이 인도 북부에서 남부로 전래되는 과정을 그려 낸 것이며 라마는 농업위주의 신흥지주계급을 대표한다고 하였다. 그는 돈황본과 지셴린(季羨林)의 중국어번역을 비교연구하면서 두 번역본의 가장 큰 차이로서 라마와 시타의 애정묘사가 다르다는 점을 지적한다. 돈황본의 경우는 라마는 일부다처인데 비해 한역본에서 라마와 시타는 일부일처의 관계라고 하였다.[21]

한편 몽골의 라마야나 번역 과정에 대해서는 왕하오(王浩)가 말하고 있다. 그는 라마야나의 몽골어 번역에는 담딩수렝(策 · 達木丁蘇倫 : T.

과정 중에 특이한 것으로는 라마야나는 운남 지역의 傣族에게 전래되어 ≪蘭嘎≫로 개칭되기도 하였다.

19) 영어 번역본으로 저명한 것으로는 *The Ramayana of Valmiki*(Robert P. Goldman, Princeton University, 1984)가 있다. 1984년에 첫 권의 번역이 출판된 이래로 계속 번역 작품이 출판되고 있다.

20) J.W.de Jong에 의한 *The Story of Rama in Tibet - Text and Translation of the Tun-huang Manuscripts*(티베트의 라마이야기 - 敦煌 사본의 텍스트와 번역)(Wiesbaden, 1989)이 독일에서 영어본으로 출판되었다. 이 책의 87쪽에 따르면 1929년 F.W. Thomas가 India Office Library에서 티베트어 돈황본 라마야나 이야기 네 종류를 발견하였으며 이후에 Marcelle Lalou가 파리의 the Bibliothèque Nationale에서 두개의 다른 판본을 발견했다고 한다.

21) 仁欠卓瑪, 위의 논문, 83쪽.

S. Damdinsuren)이 잘 설명하고 있다고 말한다. 담딩수렝은 라마야나의 몽골지역에 전파 유입된 경로와 몽골토화 과정을 서술하고 있으며 그는 같은 책의 다른 필사본을 확인하고 비교를 진행하여 일곱 가지 라마이야기의 판본을 확인하였다고 한다. 왕하오(王浩)는 몽골토화 번역 문제를 제일 처음 시작한 사람으로서 담딩수렝을 들면서 몽골문화와 역외문화 간의 복잡하고도 생동적인 충돌과 융합의 측면을 말하고 있다.[22]

이와 함께 담딩수렝은 몽골어로 번역된 라마야나는 인도 발미키의 라마야나와는 내용이 좀 다르다고 말한다. 등장인물은 비슷하지만 구체적인 내용에 있어서 차이가 있다고 말한다. 몽골어 라마야나는 13세기에 티베트어에서 몽골어로 번역되었으며 특히 몽골인들에게 원숭이상에 대한 이미지를 강하게 심어주었다고 말한다.[23]

한편 앙코르와트는 말할 나위 없이 세계문화유산 중에서도 손꼽히는 유물이다. 그런데 이 앙코르와트에도 라마야나의 이야기가 새겨져 있다. 라마야나 판본 가운데 가장 널리 알려지고 인기가 있는 것은 발미키본이다. 하지만 앙코르와트가 있는 캄보디아지역에서 채택한 판본은 몇 가지 점에서 이와 다른 듯하다.[24]

영웅 라마의 이름은 크메르어로는 '리암'이며, 따라서 17세기부터 캄보디아에서는 라마 전설이 '리암케르'로 알려지게 되었다. 이는 또 라마의 영광을 뜻하는 '라마케르티'와 라마 이야기를 뜻하는 '라마키엔'으로도 일컬어졌다. 라마야나의 태국 판본인 라마키엔은 라마 이야기에 불

---

22) 王浩, 〈策·達木丁蘇倫與《羅摩衍那》蒙古本土化硏究〉, 《內蒙古民族大學學報》, 2006年 第2期, 19-20쪽.

23) Edited by V. Raghavan, *The Ramayana Tradition In Asia*,(SAHITYA AKADEMI, 1980) 중 652-659쪽에 T. S. Damdinsuren의 "Ramayana in Mongolia"가 있다.

24) 비토리오 로베다 저, 윤길순 역, 《앙코르와트》, 서울: 문학동네, 2006년, 52쪽.

교의 원리를 적용해 현실 세계에 무심하고 다르마(dharma)를 받아들이는 것을 미덕으로 찬양하였다. 라마 이야기는 불교의 원리처럼 계급과 종교, 문화적 배경, 언어의 경계를 가로지르는 폭넓은 이야기라고 볼 수 있다.[25]

2-2-1. 발미키 라마야나[26]는 어떤 내용일까?

발미키의 라마야나는 모두 일곱 개의 단락으로 구성되어 있다.[27] 이런 일곱 개의 단락은 중요한 사건의 발생을 중심으로 해서 나누어져 있기 때문에 여기서는 본문의 단락을 중심으로 해서 이야기의 구조를 살펴본다.

A. 특이한 출생배경과 수업시기

라바나의 횡포(지극한 고행으로 브라흐마의 은총을 입어 천신, 다나바(귀신), 락샤사(나찰), 간다르바, 야크샤(야차) 등에게는 결코 죽지 않지만, 브라흐마의 은총은 인간에게까지도 무적은 아니어서 오직 인간만이 그를 죽일 수 있었다. 그는 이런 능력을 믿고서 점차 교만해져서 이제는 천신들까지 괴롭히기 시작했다.) → 신들의 신인 나라야나의 인간행

---

25) 비토리오 로베다 저, 윤길순 역, 위의 책, 52쪽.
26) 본고에서는 PLAL이 산스크리트어를 영어로 번역한 영어번역본(PLAL, *The Ramayana of Valmiki*, Vikas Publishing House PVT LTD, New Delhi, 1981)과 朱亥信의 한글 번역본(朱亥信 譯, ≪라마야나≫, 민족사, 1993년)을 기초 자료로 이용하였다.
27) PLAL의 *The Ramayana of Valmiki*의 내용은 다음과 같이 구성되어 있다. Book One - Bala-Kanda(Childhood-어린시절), Book Two - Ayodhya-Kanda(The City of Ayodhya-코살라국의 수도 아요드햐), Book Three - Aranya-Kanda(The Forset-숲속에서), Book Four - Kishkindha-Kanda(In Kishkindha-원숭이왕 수그리바의 왕국 키슈킨다에서), Book Five - Sundara-Kanda(The Auspicious Book-상서로운 보고), Book Six - Yuddha Kanda(War-전쟁), Book Seven - Uttara-Kanda(Aftermath-그 이후)

(人間行) 결심 → 코살라국의 왕 다사라타와 첫째 왕비 카우살리야 사이에서 라마는 장자로 출생(같은 때에 둘째 왕비 카이케이는 바라타를 낳고, 셋째 왕비 수미트라는 락슈마나와 사트루그나를 낳는다.) → 라마와 락슈마나는 비슈바미트라 아래에서 수업을 받음 → 여러 아쉬람[28]을 다니면서 스승들의 가르침을 받음 → 라마는 시바의 활을 꺾음으로 왕국으로 귀환하게 됨 → 미틸라 왕국의 시타와의 결혼

  B. 14년간의 유배생활
  둘째 왕비 카이케이의 음모(둘째아들 바라타를 왕으로 즉위시키려는 계략을 세움) → 14년 동안 지속될 라마의 유배생활 결정 → 라마는 락슈마나, 시타와 더불어 유랑길에 나섬 → 둘째 왕자 바라타의 왕국 사양(라마의 신발을 모셔둠)

  C. 라바나의 시타 유괴
  라마 일행은 락샤사를 죽이고 아쉬람에서 수행생활을 함 → 라바나의 시타 욕심 → 시타의 유괴 → 라마의 낙담

  D. 하누만의 활약
  라마와 원숭이왕 수그리바와의 우정 → 하누만이 바다를 건너 라바나의 근거지인 랑카로 건너감.

  E. 하누만의 귀환
  하누만의 랑카 시찰 → 하누만의 귀환과 보고

---

28) 아쉬람이란 일종의 사원으로서 스승을 중심으로 해서 수행을 위주로 하는 공간이다.

F. 대결전

라마 일행은 라바나의 아들, 동생 등과 다툼 → 최후의 대결전으로 라마와 라바나의 싸움 → 라마의 승리 → 고향으로의 귀환 → 즉위식

G. 그 이후

시타의 시련 → 불의 통과의례 → 아들의 혈통문제 → 승리로 끝난 시련

위처럼 단락을 중심으로 해서 이야기의 구조를 살펴보았을 때에 각 단락은 균등한 배열을 이루는 것이 아니라 A부분에 서사적인 이야기가 불균등하게 집중되어 있음을 볼 수 있다. 그러므로 A부분의 이야기를 세분하여 'A1 - 특이한 출생 배경, A2 - 출생과 학습기, A3 - 시험통과 후의 귀환'이라는 단락으로 세분하였을 경우에 위의 나머지 항목들과 어느 정도의 균형을 이룬다고 할 수 있다.

라마야나는 형성배경을 보건대 초기에는 구전영웅서사시로서 발생하였지만, 역사적인 변천을 겪으면서 결국은 기록영웅서사시의 모습을 가지고 텍스트로 남겨졌다. 그러므로 구전영웅서사시보다는 기록영웅서사시의 성격을 많이 가진다고 볼 수 있다.

2-2-2. 중국경전을 통하여 중국으로 유입(流入)된 라마야나

위와 같은 내용을 가진 라마야나와 중국소설 서유기의 연관성에 대해서는 중국학자인 천인커(陳寅恪), 우샤오링(吳曉鈴)과 지셴린(季羡林) 등이 언급한 바 있다. 먼저 천인커(陳寅恪)는 〈≪서유기≫현장제자고사지연변(〈西遊記〉玄奘弟子故事之演變)〉[29)]이라는 논문에서 손오공대뇨천궁

(孫悟空大鬧天宮)이야기30)는 한역(漢譯)된 불전(佛典) ≪현우경(賢愚經)≫ 권일삼(卷一三) ≪정생우상품(頂生于像品)≫ 육사(六四)에서 연유하였고, 원숭이 이야기는 ≪라마연전(羅摩延傳)≫31) 제육편(第六篇)에서 비롯되었으며, 저팔계(猪八戒) 이야기는 당 의정(唐義淨)이 번역한 ≪근본설일체유부비나야잡사(根本說一切有部毘奈耶雜事)≫ 권삼(卷三) ≪불제필추발불응장인연(佛制苾鄒發不應長因緣)≫에서 나왔다고 고증하였다.

그리고 우샤오링(吳曉鈴)은 〈≪서유기≫화≪라마연서≫(≪西遊記≫和≪羅摩延書≫))32)에서 필자와 같은 문제의식, 즉 베다적 성격의 라마야나와 불교적 성격의 서유기는 어떤 연관을 갖는가라는 부분에 대해서 관심을 집중하고, 실제로 불교의 경전 속에서 라마야나의 모습을 찾고자 하였다. 그는 불경 중에서 라마야나와 직접적인 연관을 가지는 몇 가지의 이야기를 전하고 있다. 그중에서도 라마야나가 중국의 불경 속에서 어떻게 변모되었는지를 보여주는 중요자료는 다음과 같다.

A. ≪입능가경(入楞伽經)≫에서 나타나는 라마야나

첫째로 위진남북조시대 위(魏)의 승려 보리류지(菩提流支)가 번역한 ≪입능가경(入楞伽經)≫33)에 다음과 같은 라마야나 연관자료가 있다.

---

29) ≪國立中央研究院歷史語言研究所集刊≫, 第二冊, 第二分冊, 1930年, 157-160쪽.
30) 100회본 ≪西遊記≫의 5-7회 사이에 있는 내용으로 孫悟空이 弼馬溫이라는 직책으로 천궁에서 소동을 벌인 이야기이다.
31) 라마야나를 중국어로 번역하면, 音譯으로는 ≪羅摩衍那≫라고 한다. 이러한 번역이 처음으로 보이는 자료는 鳩摩羅什이 번역한 馬鳴의 ≪大莊嚴論經≫의 卷五이다.
32) 吳曉鈴, 〈≪西遊記≫和≪羅摩延書≫〉, ≪中印文化關係史論文集≫, 三聯書店, 1982, 134-147쪽.
33) ≪大正新修大藏經≫第十六卷 〈經集部三〉第六七一號. 이 부분은 吳曉鈴의 위의 논문 138쪽에서 재인용하였다.

　　이와 같이 나는 들었다. 한때에 바가바에 있는 큰 바닷가 마라야산 정
상의 랑가성 중에서 … "나는 저 마라야산 랑가성 중의 라바나 야차왕을
위해 이 법을 설하려고한다." 이때 낭가성주인 라바나 야차왕과 일행은 꽃을
타고서 여래의 처소에 이르렀다. 일행과 함께 궁전에 내려서 부처를 둘러
싸고 삼배를 올리고, 다양한 음악으로 여래를 즐겁게 하였다. … 이때에
라바나 랑가왕은 여러 가지 아름다운 노래로 여래의 공덕을 찬양하였다.

　　(如是我聞 : 一時婆伽婆住大海畔 摩羅耶山頂上楞伽城中 … "我亦應彼摩
羅耶山楞伽城中爲羅婆那夜叉王上首說于此法." … 爾時楞伽城主羅婆那夜
叉王與眷屬乘花宮殿至如來所, 與諸眷屬從宮殿下, 遶佛三匝, 以種種伎樂,
樂于如來 … 爾時羅婆那楞伽王以那叱迦種種妙聲, 歌嘆如來諸功德已, 復更
以伽他妙聲, 歌嘆如來.)

　　위의 자료에는 라마야나에서 라마의 부인인 시타를 유괴한 랑가성의
라바나의 이름이 직접 등장한다. 이 자료는 불교의 영향이 많이 보인다.
라마야나에서는 라마의 적수로 등장하는 라바나가 이 불전에서는 부처
의 설법을 받아들이는 착실한 불교신자가 되어 있으며, 불교의 수장인
여래가 그와 그들의 일행들을 위해서 설법하는 장면이 있다.

　B. ≪대도집경(大度集經)≫에 나타나는 라마야나
　　둘째로 오강승회(吳康僧會)가 번역한 ≪대도집경(大度集經)≫ 권오
(卷五)의 "인욕도무극장제삼(忍辱度無極章第三)"[34]의 이야기를 주목할
필요가 있다.

　　옛날 보살이 대국왕이었을 때에 항상 네 계급으로써 중생을 다스렸는

---

34) ≪大度集經≫卷五, 忍辱度無極章第三, 이 부분은 吳曉鈴의 앞의 논문 140-142
　　쪽에서 부분 인용하였다.

데, 명성이 원근에 퍼졌으며, 칭찬이 없을 수가 없었다. 외삼촌 또한 왕이 되었으며, 다른 나라를 다스렸다. 성격이 탐욕스럽고 수치심이 없었으며, 흉포하고 교만하였다. …

국왕이 누대에 올라서, 군대의 상황을 살펴보고서는 눈물을 흘리고 좌우를 돌아보며 말하길 "나 때문에 백성의 생명이 위태롭게 되다니, 나라가 망하면 돌이키기 어렵고, 일신은 다시 얻기 어렵다. 내가 멀리 가버려서 나라가 모두 평안하다면, 그것이 가장 좋은 일이 아니겠는가?"라고 하였다. 왕과 왕비는 모두 나라를 떠났다. 이렇게 되자 외삼촌이 나라에 들어와 머물면서, 탐욕과 잔인함으로 정치하였다. …

왕과 왕비는 산림에 머물렀다. 바닷가에는 사악한 용이 살았는데, 왕비를 보고 흑심이 생겼다. 그래서 그는 인간인 바라문으로 변했다. 그리고 짐짓 손을 마주잡고 앉아서 머리를 숙이고 고요히 생각하는 모양이 마치 도사같이 하였다. 선정에 들었을 때에 왕이 그를 보고 기뻐하며 날마다 과일로써 공양하였다. 용은 왕의 빈틈을 엿보고서 몰래 왕비를 데리고 가버렸다. 그리고 바닷가로 돌아갔다. …

이에 왕은 활과 화살을 가지고 여러 산을 거쳐서 왕비를 찾아 나섰다. 물결이 흐르는 곳을 보고서, 원천으로 거슬러 올라갔다. 거기에는 거대한 원숭이가 있었는데, 서럽게 울고 있었다. 왕이 마음 아파하면서 말하길 "그대는 또 무슨 이유로 슬퍼하는가?"하자, 원숭이는 "나와 외삼촌은 함께 왕이었지요. 외삼촌은 세력이 커지자 내 무리를 빼앗았어요. 아! 호소할 곳도 없구려. 그대는 지금 어떤 연고로 이 험한 산에 들어왔는가?"라고 하였다. 왕은 "나와 그대는 근심이 같군. 나도 또한 아내를 잃어버렸는데, 어디로 갔는지 알 수가 없다네."라고 하자, 원숭이도 "그대가 나의 싸움을 도와서 내가 내 무리를 되찾게 되면, 그대를 위해서 왕비를 반드시 찾도록 해줄 것이오."라고 하였다.

원숭이와 원숭이의 외삼촌이 싸울 때, 왕은 활과 화살을 잡고서 팔다리를 벌려서 힘껏 당겼다. 원숭이의 외삼촌은 두려워하면서 달아났다. 원숭이왕이 무리를 데리고 돌아와서 드디어 무리에게 "인간 왕의 부인이 이 산에서 길을 잃고 있으니, 너희들은 널리 찾아 보라! … "라고 하였다. 원숭이왕이 무리를 이끌고 길을 거쳐서 바다에 이르렀다. 그런데 건널 방법이 없어서 걱정하였다. 이에 부처가 원숭이로 변해, 옴에 병든 몸으로 말하길 "지금 무리들이 이렇게 많다면 바다를 건너가는 데에, 어찌하여 저쪽에 닿지 못한다고 걱정하는가? 지금 각자 돌을 지고 바다를 메운다면, 높은 산을 만들 수 있을 것이니, 어찌 저쪽까지일 따름이랴!"라고 하자, 원숭이왕이 그에게 직위를 주어서 무리들이 그의 의견을 따르도록 하여 돌을 지어날라 무리들은 건너갈 수 있었다. …

용이 즉시 바람과 구름을 일으켜서 해를 가리게 되니, 번개가 번쩍이며 바다를 비추고 파도가 일어서 천둥 번개가 땅을 진동시켰다. 그 중의 작은 원숭이가 "사람의 왕이 활쏘기를 잘하는데, 번개를 번쩍이는 자는 용일 것이다. 화살을 쏘아 이 흉물을 없애서, 백성을 위해 복을 부른다면, 모든 사람들의 원한이 없어질 것이다."라고 하였다. 천둥, 번개가 내려쬐는 곳에 왕이 화살을 쏘아서, 용의 가슴을 맞추니, 용은 화살을 맞고서 죽었다. 원숭이 무리들이 잘했다고 칭찬하였다. 작은 원숭이는 용문의 자물쇠를 빼내서, 문 속에 갇혀있던 왕비를 나오도록 하였다. 이리하여서 하늘이나 귀신이나 모두 기뻐하였다.

(昔者菩薩爲大國王, 常以四等育護衆生, 聲動遐邇, 靡不嘆懿. 舅亦爲王, 處在異國; 性貪無恥, 以凶爲健 … 國王登臺, 觀軍情猥, 流淚涕泣交顧曰 : "以吾一躬, 毁兆民之命, 國亡難復, 人身難獲. 吾之遁邁, 國境咸康, 將誰有患乎?" 王與元妃, 俱委國亡. 舅入處國, 以貪殘爲政. … 王與元妃, 處于山林. 海有邪龍, 好妃顔光, 化爲梵志, 訛叉手箕坐, 垂首靖思, 有似道士, 惟禪定時, 王睹忻然, 日探果供養. 龍伺王行, 盜挾妃去, 將還海居 … 乃執弓持矢, 經歷諸山, 尋求元妃, 睹有滎流, 尋極其源, 見巨獼猴, 而致哀慟. 王愴然曰 : "你復何哀乎?" 獼猴曰 : "吾與舅氏, 并肩爲王. 舅以勢强, 奪吾衆矣. 嗟乎無訴! 子今何緣, 翔玆山岫乎?" 菩薩答曰 : "吾與你其優齊矣! 吾又亡妃, 未知所之." 猴曰 : "子助吾戰, 復吾士衆. 爲子尋之, 終必獲矣." 王然之曰 : "可" 明日, 猴與舅戰, 王乃彎弓擩矢, 股肱勢張. 舅遙悚懼, 播回迸馳. 猴王衆返. 遂命衆曰 : "人王元妃, 迷在斯山, 你等布索!" … 猴王率衆由徑臨海, 優無以渡. 天帝釋卽化爲獼猴, 身病疥癬, 來進曰 : "今士衆之多, 其蹄海沙, 何優不達于彼洲乎! 今各復負石杜海, 可以爲高山, 何但通洲而已." 猴王卽封之爲監. 衆從其謨, 負石功成, 衆得濟渡 … 龍卽興風雲以佃天日, 電耀光海勃怒, 霹靂震軋動地.

　小猴曰: "人王妙射, 夫電耀者卽龍矣, 發矢除凶, 爲民招福, 衆聖無怨矣." 霆耀電光, 王乃放箭, 正中龍胸, 龍被射死. 猴衆稱善. 小猴拔龍門鑰, 開出門妃, 天鬼咸喜.)

　위의 이야기의 서사구조를 간략히 살펴보자면 다음과 같다.

　외삼촌의 탐욕 → 왕과 왕비의 고행 → 용의 왕비 납치 → 원숭이왕과의 해후 → 원숭이왕의 도움 → 부처의 도움 → 작은 원숭이의 활약 → 용의 죽음과 왕비의 귀환

　위의 불전을 라마야나와의 연관성을 중심으로 해서 살펴보자. 우선 라마야나에 나타나는 내용상의 C부분 라바나의 시타유괴와 비교해 보자면 이 이야기에서는 라바나 대신에 용이 등장하고 있으며, D의 하누만의 활약 부분도 여기에서는 작은 원숭이가 대신하고 있다. 또한 E, F부분의 하누만의 귀환과 대결전의 부분도 이 이야기에서 나타나고 있다. 그러나 이 이야기와 라마야나의 차이점은 등장인물에 있다. 라마라는 인도적 인물이 보살이라는 중국적이면서 불교적인 모습으로 바뀌어 있는 것이다. 또한 조력자로 등장하는 인물로 라마야나에서는 천신이었는데 이 이야기에서는 부처라는 불교인물이 나타나고 있다. 그리고 라마야나에서는 대립인물로 등장하는 라바나가 이 이야기에서는 용이라는 괴물로 탈바꿈을 하고 있다. 이것은 서유기에 등장하는 요괴들에 근접한 형상이라고 할 수 있을 것이다. 그러므로 이 이야기는 라마야나의 C에서 F까지의 이야기를 원형으로 해 불교적인 윤색을 가해 이루어진 작품으로 이해할 수 있을 것이다. 아마도 인도에서 중국으로 건너온 라마야나는 문화적, 그리고 종교적인 차이 때문에 원형 그대로는 보존되지 못하고 이렇게 다른 모습을 지니게 되었다.

C. ≪잡보장경(雜寶藏經)≫에서 보이는 라마야나

셋째는 북위(北魏)의 승려인 길가야(吉迦夜)와 담요(曇曜)가 공동으로 번역한 ≪잡보장경(雜寶藏經)≫권일(卷一)의 ≪십사왕연(十奢王緣)≫[35]의 이야기이다.

옛날 사람의 수명이 만세일 때에 십사라는 왕이 있었으며, 그는 염부제를 다스렸다. 왕의 큰 부인이 아들을 하나 낳아 길렀는데, 이름은 라마였다. 둘째 부인에게도 자식이 하나 있었으며, 이름은 라만이었다. 라마태자는 용맹이 뛰어났다. 이때에 셋째 부인이 아들을 하나 낳았는데 이름은 바라타였으며 넷째 부인도 아들이 하나 있는데 멸원악이었다.

왕은 제삼부인을 매우 사랑해서 말하길 "내가 지금 너에게 가진 재산을 모두 주어도 아깝지 않을 것이니, 만약에 소원이 있다면 들어주겠다."라고 하였다. 부인이 "나는 구하는 바는 없지만 이후에 소원이 있게 되면 아뢰겠습니다."라고 하였다. 그러던 중에 왕이 병이 나서, 생명이 위급하게 되었다. 그래서 태자 라마를 세워 자기 대신 왕으로 삼았다. 그리고 비단으로 머리를 묶고, 관을 씌워 의관을 갖추니, 왕자(王者)의 법도였다. 이때에 작은 부인이 왕의 병이 자못 나아지고, 라마가 그의 아버지의 지위에 있는 것을 보고서 마음에 질투가 생겼다. 그래서 왕을 찾아서 예전의 소원을 상기시키며 "원컨대 내 자식을 왕으로 삼고, 라마를 폐위시키십시오."라고 하였다. 왕이 이 말을 듣고서 마치 목이 메인 것과 같았으니, 삼킬 수도 없고, 또한 토할 수도 없었다. 장자를 폐하려 해도 이미 왕으로 세웠기 때문에 쉽지 않은 일이었고, 폐하지 않으려고 해도 이미 그 소원을 허락하였던 것이다. 십사왕은 어릴 때부터 신의를 어긴 적이 없었다. 또한 왕자의 법이 있으니, 이 법에는 말을 번복할 수 없었다. 왕의 생각이 여기에 미치자 그는 라마를 폐하고, 의관을 빼앗았다. …

이때에 십사왕은 라마에게 두 아들까지 무리로 딸려서 멀리 깊은 산에 두었다. 그렇게 12년이 흐른 후에 나라에 돌아올 수 있었다. 라마형제는

---

35) ≪雜寶藏經≫ 卷一, ≪十奢王緣≫, 이 부분은 吳曉鈴의 앞의 논문 142-144쪽에서 부분 인용하였다.

아버지의 명령을 받들었으며, 마음에 원한이 없었다. 부모님께 인사를 올리고 멀리 깊은 산으로 들어가게 되었다. 이때에 바라타는 이미 다른 나라에 있었는데 부름을 받고서 나라로 돌아와 왕이 되었다. 그러나 바라타는 원래 두 형과 화목하게 지냈으며, 깊이 존경하고 있었다. …

형이 바라타에게 "동생은 지금 어쩐 일로 이 군중을 데리고 왔는가?"라고 하자, 동생은 "길을 가실 때에 도적을 만날까 싶어서 군중을 데리고 왔습니다. 방위를 위한 것이니 다른 뜻은 없습니다. 소원컨대 형은 나라에 돌아오셔서 정치를 맡아 다스려 주십시오."라고 하였다. 형이 동생에게 답한다. "이미 아버님의 명령을 받아서 멀리 무리들과 이곳까지 이르렀는데, 무엇을 말하는 것인가, 돌아오라고? 만약 그렇게 한다면 인자의 입장에서 부모에게 효도하는 의라고 할 수 없지!" 이와 같이 말하였으며, 더 이상 먹히지가 않았다. 형의 뜻은 확고하였다. 동생은 뜻을 결국 돌이킬 수 없음을 알고서 형에게서 그의 신발을 얻어서, 슬퍼하고 괴로워하면서 나라로 돌아와서 국정을 다스렸으며, 항시 왕의 자리의 위쪽에 신발을 두고서 매일 매일 인사를 올리면서 문안을 올리는 자세는 형에게 하는 것과 다름이 없었다. …

(형의 무리들이)나라에 이르자 동생은 왕위를 양도하여 그 형에게 주었다. 형은 다시 사양하면서 말하길 "죽은 아버님이 동생에게 주신 것이니 난 취할 수가 없네." 라고 하자 동생은 다시 양도하면서 "형은 맏아들이며, 아버지의 일을 이어받은 사람은 바로 형이지요!"라고 하면서 서로 왕위를 사양하였다. 형은 어쩔 수 없어서, 드디어 왕이 되었다. 형제는 화목하게 지냈으며, 교화가 크게 행해졌다. 도의가 행해지고 백성들도 이 영향을 받았으며, 충효를 더하게 되었으니 사람들의 생각은 절로 바로 잡혀졌다.

(昔人壽萬歲時, 有一王號十奢, 王閻浮提. 王大夫人生育一子, 名曰羅摩. 第二夫人有一子, 名曰羅漫, 羅摩太子有大勇武, … 時第三夫人生一子, 名婆羅陀, 第四夫人生一子, 字滅怨惡. 第三夫人, 王甚愛敬, 而語之言 : "我今于你, 所有財寶, 都無恡惜. 若有所須, 隨你所願!"夫人對言: "我無所求! 后有情願, 當更啓白." 時王遇患, 命在危惙, 卽立太子羅摩代己爲王, 以錦結髮, 頭著天冠, 儀容軌則, 如王者法. 時小夫人瞻視王病小得瘳差, 自恃如此, 見于羅摩紹其父位, 心生嫉妬, 尋啓于王, 求索先願: "願以我子爲王, 廢于羅摩." 王聞是語, 譬如人噎, 旣不得咽, 又不得吐. 正欲廢長, 已立爲王, 正欲不廢,

先許其願, 然十奢王從少以來未曾違信; 又王者之法, 法無二語. 不負前言, 思
惟是已, 卽廢羅摩, 奪其衣冠 … 時十奢王卽徒二子, 遠置深山, 經十二年, 乃
听還國. 羅摩弟兄卽奉父勅, 心無結恨, 拜辭父母, 遠入深山. 時婆羅陀先在
他國, 尋召還國, 以用爲王. 然婆羅陀素與二兄和睦恭順, 深存敬讓. … 兄語
婆羅陀言: "弟今何爲將此軍衆?" 弟白兄曰: "恐涉道路, 逢于賊難, 故將軍衆,
用自防衛, 更無余意. 願兄還國, 統理國政." 兄答弟言: "先受父命, 遠徒來此,
我今云何, 輒得還返? 若專輒者, 不名仁子孝親之義!" 如是殷勤, 若求不已, 兄
意確然, 執志彌固. 弟知心意終不可回, 尋卽從兄索得革屣, 惆愴懊惱, 賣還
歸國. 統攝國政, 常置屣于御坐上, 日夕朝拜, 問訊之義, 如兄無異. … 卽至
國已, 弟還讓位而與其兄. 兄復讓言: "先父與弟, 我不宜取." 弟復讓言: "兄爲
嫡長, 負荷父業, 正應是兄!" 如是展轉, 互相推讓. 兄不獲已, 遂還爲王. 兄弟
敦穆, 風化大行. 道之相被, 黎元蒙賴. 忠孝所加, 人思自勸.)

위의 이야기의 서사구조를 살펴보자면 다음과 같다.

십사왕의 네 아들인 라마, 라만, 바라타, 멸원악 → 십사왕의 제삼부인
총애 → 라마의 폐위 → 12년간의 유배 → 바라타의 왕위사양 → 신발을
얻어서 돌아옴 → 라마의 귀환 → 라마의 왕위 복귀

이렇게 단순화시킨 후에 라마야나와 비교했을 때, 위의 이야기는 라
마야나의 A, B부분의 이야기가 변형되어 전개되었다고 볼 수 있다. 라마
야나에서 나타나는 사형제가 위의 이야기에서는 사형제 가운데에서도
라마와 바라타라는 같은 이름으로 등장하는 점, 왕비의 음모로 인해서
유배생활을 하게 되는 점이나, 라마 대신에 왕권을 이어받게 되는 바라
타가 라마와 큰 갈등없이 나중에 왕위를 반환하는 점도 일치한다. 특히
동생인 바라타가 형인 라마의 신발을 얻어와서 섬기는 모티프가 두 이야
기에서 정확히 일치하고 있다는 점이 주목된다. 이러한 모티프는 여타
의 이야기에서 그 예를 찾아볼 수 없는 것이다.

위의 세가지 자료를 통해 볼 때 힌두적 전통인 라마야나가 중국으로

전파되는 과정에서 불교경전 중의 한 내용으로 번역되면서 불교적인 색깔의 옷을 입기도 하지만 이야기의 기본 줄기는 변함이 없었다.

그러나 우샤오링(吳曉鈴)은[36] 위의 이야기들은 라마야나라는 장편의 서사시가 단편의 이야기로 축약되었으며, 당시의 독자층을 생각할 때에 과연 서유기의 작가군이라고 할 수 있는 인물들이 이 책을 참조했는지는 여부는 알 수 없다는 한계를 지니고 있다고 지적하였다.

한편 우샤오링의 위의 지적도 일면타당한 점이 없지 않으나 적어도 라마야나라는 인도의 '힌두서사시'가 중국의 불경 번역작업을 통해 중국적인 변용을 거침에도 불구하고 라마야나의 원형은 남아 있었다고 볼 수 있으며, 우샤오링의 지적과는 역으로 서유기의 작가군이라고 할 수 있는 인물들이 이 부분을 참고하였을 가능성도 또한 배제할 수 없을 것이다.

이처럼 명확한 결론을 내리지 못하고 있는 서유기에 나타나는 인도영향부분에 대해서 본고에서는 라마야나가 중국적인 옷이라고 할 수 있는 불교경전의 형식을 띠고 중국에 전해졌으며, 이것은 문학방면에도 영향을 미쳤다고 여겨진다. 이 부분에 대해서는 좀 더 자세히 알아보자.

2-3. 서유기와 라마야나에 관한 여러 학자들의 견해

서유기와 라마야나와의 연관성에 대해서는 이전부터 논의가 있어 왔다. 특히 서유기의 행자인 손오공과 라마야나의 하누만과의 연관성에 대해서는 천인커(陳寅恪)를 비롯한 여러 학자들이 이런 논의를 지속하였다.

천인커(陳寅恪)의 경우는 인도의 문화를 높이 평가하였다. 그는 인도

---

36) ≪中印文化關係史論文集≫, 三聯書店, 1982, 145쪽.

인은 현묘한 생각(玄想)이 가장 풍부한 민족으로 세계의 신화는 대부분 천축에서 기원한다고 하였다.[37] 그는 원숭이 이야기는 많지만 원숭이가 천궁에서 난동을 부린 일은 들어본 적이 없으며 원숭이 이야기와 천궁에서의 난동이야기는 원래 관계가 없었는데 우연히 혼합된 것이라고 말하면서 원숭이 이야기가 불교 경전을 통해 전래되었음을 말하였다.[38]

천인커(陳寅恪)의 제자인 지셴린(季羨林)은 최근까지도 인도문학과 중국문학의 연관성에 대한 연구가 제자리임을 탄식하면서 중국문학에 대한 인도의 영향에 대해서 단언하고 있다. 그는 어떤 문화현상이나 문학작품이든 독자적인 것은 없다고 하였다.

그리고 다음과 같이 말한다.

> 명대는 중국장편소설이 활짝 꽃피운 시기이다. 가장 저명한 소설 중의 하나인 서유기에는 대량의 인도 성분이 있다. 서유기에 등장하는 원숭이의 경우, 그 근원을 찾아봐도 그것을 찾을 수가 없다. 물론 원숭이에게는 중국 고유의 신화적인 전통이 있으며 동시에 인도 성분도 있다. 손오공은 라마야나에 나오는 하누만과 굉장히 비슷한데 그들 간에 관계가 없다고는 상상할 수 없다. 손오공이 양이랑(楊二郎)과 법술을 다투는 것과 다른 요괴들과 법술을 다투는 장면은 중국 고대에는 없는 것이다. 그러나 불경에서는 대량으로 존재한다. 내 의견을 말하자면 이것들은 인도에서 빌려온 것이며 이것은 부인할 수 없을 것이다.

> (明代是中國長篇小説開始發揚光大的時期. 最著名的長篇小説之一西遊記裏面就有大量的印度成分. 要想研究孫悟空的家譜, 是比較困難的. 不可否認, 他身上也有中國固有的神話傳統; 但是也同樣不可否認, 他身上也有一些

---

37) 陳寅恪, 〈≪西遊記≫玄奘弟子故事之演變〉, (郁龍余 編, ≪中印文學關係源流≫, 長沙: 湖南文藝出版社, 1987年) 63쪽.
38) 陳寅恪, 위의 논문, 55-57쪽.

印度的東西. 他同≪羅摩衍那≫里的那一位猴王哈奴曼(Hanuman)太相似了, 不可能想象, 他們之間沒有淵源的關係. 至于孫悟空跟楊二郎鬪法, 跟其他的 妖怪鬪法, 這一些東西是中國古代沒有的; 但是在佛經裏却大量存在. 如果我 們說, 這些東西是從印度借來的, 大槪沒有人會否認的.)39)

또한 지셴린(季羡林)은 〈≪서유기≫리면적인도성분(≪西遊記≫裏面 的印度成分)〉이라는 논문에서 저팔계 이야기의 근원은 불경이며40)손오 공과 라마야나의 하누만의 관계는 부인할 수 없으며 하누만의 영향으로 손오공의 모습에 발전이 있게 되었다고 한다. 결국 손오공의 형상은 인 도의 하누만과 중국 전통의 무지기(無支祁)라는 신의 형상이 결합하여 이것이 예술 형상으로 완성되었다고 결론내렸으며41) 서유기 내용의 근 원을 ≪대정대장경(大正大藏經)≫에서 찾는 작업을 하였다.42)

이런 라마야나의 영향설을 부인하는 학자로는 앞에서도 언급한 우샤 오링(吳曉鈴)을 들 수 있다. 그는 중국인은 과연 라마야나를 알고 있었 는가의 부분을 질문하고 있다. 그는 중국인들이 라마야나를 알고는 있 었지만 그 숫자는 소수였을 것이라고 말한다. 예를 들자면 송(宋) 법현 (法賢)이 역한 ≪나부나설구료소아질병경(囉嚩拿說救疗小兒疾病經)≫ 에 나오는 악한 존재인 라바나는 원래 라마야나의 라바나와는 성격이 정반대이다. 즉 구원의 화신으로 등장한다. 이것은 신화나 전설의 전파 의 양상을 보여주는 것으로 마치 서왕모(西王母)가 ≪산해경(山海經)≫ 과 ≪목천자전(穆天子傳)≫에서 전혀 다른 인격으로 나오는 것과 같

---

39) 季羡林, 〈印度文學在中國〉(郁龍余 編, 위의 책). 125-126쪽.
40) 季羡林, 위의 논문, 239쪽.
41) 季羡林, 앞의 논문, 246-247쪽.
42) ≪中印文化關係史論文集≫, 三聯書店, 1982.

다.43) 그는 불전에는 라마야나의 이름과 중요인물이 등장하지만 단순, 지리멸렬하며 불교의 색채가 있다고 말한다. 예를 들자면 석가가 라바나에게 설법하는 장면 같은 것이 있는데 이것은 불교의 영향이라고 볼 수 있다.

그러므로 우샤오링(吳曉鈴)은 중국인들이 라마야나를 알았지만 단편적으로 알고 있었다고 단정한다. 힌두적 라마야나를 불교적으로 받아들이기에는 한계가 있으며, 라마야나가 서유기 이야기에 영향을 미칠 가능성은 별로 없어 보이고, 서유기의 작자군은 자료를 접하지 않았을 수도 있음을 말하였다.44) 그러므로 서유이야기는 중국에서 나고 자란 것이라고 주장하였다.

또한 ≪서유기논요(西遊記論要)≫45)를 쓴 류용챵(劉勇强)은 서유기 속에 나타나는 손오공(孫悟空)의 형상은 중국 독자적인 것이지, 인도의 영향을 찾기 어렵다고도 하였다.

한편 미국의 학자인 메이어 샤하르(Meir Shahar)의 경우는 "영은사 원숭이 제자와 손오공의 근원(The Lingyin Si Monkey Disciples and The Origins of Sun Wukon)"46)라는 논문에서 항주 영은사(靈隱寺)에 있는 원숭이상의 형상은 인도 불교 속의 원숭이 상이 중국으로 전파됨을 보여주는 증거라고 하였다. 그는 라마야나에 대한 연관성에 대해서는 언급하지 않고 좀 더 큰 범주에서 인도 원숭이 이야기의 중국 전래를 말한다.47)48)

---

43) 季羨林, 앞의 논문, 138-139쪽.

44) 季羨林, 앞의 논문, 146쪽.

45) 劉勇强 著, ≪西遊記論要≫, 文津出版社(臺灣), 1991년.

46) Meir Shahar, "The Lingyin Si Monkey Disciples and The Origins of Sun Wukon", *Harvard Journal of Asiatic Studies* 52:1, Harvard-Yenching Institute, 1992, 193-194쪽.

위의 견해들을 보자면 서유기의 손오공과 라마야나의 하누만 형상에 대해서는 각자 학자들의 의견이 개진되어 있을 뿐 정확한 연관관계에 대한 증거는 없다. 그러나 실크로드라는 길의 속성, 즉 '전파와 영향'이라는 속성을 생각할 때 두 인물들 간에 어떠한 연관관계가 있을 것이라는 추정을 부정할 수 없을 것이다.

3. 게사르전

3-1. 게사르전의 소개

게사르전은 고대 티베트족의 신화 시가 등 민간문학의 토양에서 발전한 서사시이다. 이 작품은 구비 전승된 작품이기에 그 판본 문제가 중요

---

47) 그는 기원 330년 경 慧理스님이 원숭이들을 잘 단련했는데 이것의 영향이 서유기에 나타난다고 하였다. 그는 특히 인도 이야기인 Grahra-kuta monkeys story가 손오공의 형상에 영향을 미쳤다고 한다(위의 논문, 209-213쪽). 그러나 慧理 스님의 원숭이와 손오공의 상관성은 그다지 강한 것 같지 않고 또한 인도의 이야기 중 라마야나가 아닌 또 다른 원숭이 이야기인 Grahra-kuta monkeys story를 바탕으로 손오공과의 연관성을 찾지만 아직은 근거가 약하다고 볼 수 있다.

48) 이 이외에 구미쪽 서유기 연구의 경향을 간단히 보자면 Alsace Yen의 경우는 "A Technique of Chinese Fiction : Adaptation in the "Hsi-yu Chi" with Focus on Chapter Nine(*Chinese Literature: Essays, Articles, Reviews* 1:2, CLEAR, 1979)"에서 서유기 제9회의 문제를 거론하고 있다. 서유기 제9회에는 삼장스님의 아버지인 陳光蕊의 이야기가 실려 있다. 이 부분에 대해서는 이전의 서유기 연구의 대가라고 할 수 있는 Dugbridge와 서유기를 영어로 번역한 Anthony C. Yu 등이 제9회본의 중요성을 간과한 것에 대해서 반론을 제기하고 제9회의 이야기는 현장의 모습을 전체적으로 볼 수 있는 중요한 부분임을 힘주어 말하고 있다. 또한 Zuyan Zhou는 그의 논문인 "Carnivalization in The Journey to the West: Cultural Dialogism in Fictional Festivity(*Chinese Literature: Essays, Articles, Reviews* 16, CLEAR, 1994)"에서 러시아 미학자 바흐친의 '축제성'이라는 관점에서 서유기를 바라보고 있다.

시 되고 있다. 이 작품의 형성 연대에 대해서 조동일은 12세기 전후로
보고 있으며 게사르의 모델로서 송찬감포를 들고 있다.[49]

  필자가 접근할 수 있는 케사르전의 티베트어의 영어 번역본으로는 *전
사 게사르왕의 노래*(*The warrior song of King Gesar*)(Douglas J. Penick,
Boston : Wisdom Publication, 1996)[50]가 있다.[51][52]

---

49) 조동일, ≪동아시아구비 서사시의 양상과 변천≫, 문학과지성사, 1997년, 311쪽을
    보자면 다음과 같다.
    '게사르의 창작 연대는 직접적인 증거가 없어 확실하지 않으나, 12세기 전후로 보는
    견해가 유력하다. 그때 티베트는 분열되어 안으로는 내전이 계속되고, 밖으로는
    외적의 침략을 물리칠 능력을 상실했다. 그래서 티베트의 민중은 강력한 통일국가를
    이룩해서, 자기네를 보호하고 나라를 지킬 영주가 나타나기를 갈망했다. 그런 소망
    을 실현하는 영웅이 게사르라고 했다. 게사르는 가공적인 인물이지만, 그런 티베트
    를 통일해서 강력한 국가를 건설한 송찬감포와 같은 민족적 영웅의 모습을 정치적으
    로 분열된 시대에 회고하고 희구해서 게사르로 나타냈다고 할 수 있다. 티베트가
    과거의 영광을 잃고 나약하게 된 것을 불만스럽게 여겨, 주변의 여러 민족을 정복하
    고 티베트민족의 기개를 드높이는 국왕의 모습을 작품에서 그려냈다. 티베트의 국왕
    이 주위의 모든 민족을 다스려 지상의 질서를 바로잡는 온 세계의 황제라고 하였다.'
50) 이 책은 Chögyam Trungpa Rinpoche의 티베트어 구술을 바탕으로 Douglas J.
    Penick가 다른 서적을 참조하여 영어로 번역한 것이며, 아울러 이 작품은 오페라
    King Gesar의 대본이 되기도 하였다.
    Chögyam Trungpa Rinpoche(1939-1987)는 1959년 달라이 라마를 따라서 중국에서
    인도로 망명한 티베트불교의 중요인물이다. 그는 이후 영국, 미국에서 티베트불교
    를 알렸다. 그는 미국 콜로라도 볼더에 센터를 차려서 포교활동을 하다가 1987년
    심장마비로 사망한다.
    게사르전에 대한 관심을 가지면서 게사르전의 내용파악을 위한 텍스트에 대해 탐
    문하였다. 이에 대해서 조동일의 주장을 받아 들였다. 즉 게사르전은 티베트에서
    형성되었다는 전제를 가지고 티베트어본의 번역본인 영문본을 통해 게사르전의
    전체적인 내용을 파악하였다. 한편 게사르전 관련 논문은 중국에서 출판된 것을
    도외시 할 수 없었다. 중국 학자들이 어떤 게사르전을 기본 자료로 하였는지에
    대해서는 그들의 논문에서는 발견할 수 없었다. 그러나 필자가 텍스트로 정한 영어
    본이나 중국학자들이 읽은 중국어본 모두 게사르라는 정복왕이 주위 지역을 정복
    한다는 사실에는 큰 차이가 없는 것으로 보인다.

전사 게사르왕의 노래(The warrior song of King Gesar)의 내용은 7장
으로 구성되어 있다.

그 내용을 살펴보자면 다음과 같다.

제1장은 게사르(Gesar)의 탄생에 관한 이야기이다.

그의 어머니는 드제덴(Dzeden)이며 게사르는 빛을 받고서 처녀 수태
를 통해 세상에 얼굴을 보인다. 특히 게사르는 어머니인 드제덴의 머리
에서 알의 형태로 태어난다. 이때 링(Ling)지역은 게사르의 삼촌인 토통
(Todong)이 권력을 잡고 있었다. 그는 아이인 게사르의 범상치 않은 자
태를 보고 그가 커서 자신의 권력을 위협할까 두려워 게사르를 땅에 묻

---

51) 게사르 왕 관련해서 한국어 번역본으로 ≪몽골 대서사시 게세르 칸≫(유원수 역,
사계절출판사, 2007년)과 ≪바이칼의 게세르신화≫(일리야 N. 마다손 채록, 양민
종 옮김, 도서출판 솔, 2008년)가 있다. 그런데 〈몽골 대서사시 게세르 칸〉은 〈1716
년 베이징 판본〉인 몽골어를 번역한 작품이다. 한편 ≪바이칼의 게세르신화≫의
번역 원본에 대해서는 이 책 35쪽에서 36쪽 사이에 다음과 같이 말한다.
'〈페트로프-마다손 판본〉은 전설적인 부리야트인 이야기 낭송자 페트로프 P.
Petrov(1866-1943)의 낭송을 1943-1941년에 걸쳐 마다손 I. N. Madason이 채록하여
1941년-1943년 사이 여러 차례에 걸쳐 활자화되었다. 이 책은 ≪게세르 : 부리야트-
몽골인의 영웅서사시≫(Ulan-Ude, 1941)를 주된 번역 대본으로 하였고, 울란우데
사회과학연구소 문서보관소에 소장된 필사본들과 러시아 구비문학자인 프렐롭스
키A. Prelovskij가 편집한 ≪위대한 게세르≫(Moscow: Moscovsky picatel', 1999)를
참조하였다. 〈페트로프-마다손 판본〉은 부리야트인들의 게세르 신화들 가운데 문
학적인 완성도가 가장 높은 것으로 알려져 있어 … 몽골 게세르의 대표적인 판본인
〈1716년 베이징 판본〉의 경우 구비문학 작품의 채록본이 아니라 당시의 창작문학
일 가능성이 매우 높기 때문에 번역 대상에서 제외하였다.'
그러므로 위의 견해를 따르자면 ≪몽골 대서사시 게세르 칸≫의 경우는 원 판본이
구비문학의 채록본이 아닌 창작문학의 가능성이 있으며 ≪바이칼의 게세르신화≫
의 경우는 부리야트어의 채록본을 바탕으로 하였다고 할 수 있다. 그러나 〈1716년
베이징 판본〉은 게사르전 연구에 있어서 가장 중요한 판본 중의 하나이다.
52) 유럽어 책의 한글명은 이탤릭체로 표시한다.

고 바위로 덮어버린다. 이에 어머니 드제덴이 땅을 파서 그를 살려낸다.

제2장은 게사르가 성장하는 과정에 대한 이야기이다.

게사르는 부처의 화신인 파드마 삼바바(Padma Sambhava)를 만나게

게사르왕의 모델인 송찬감포왕 - 사천성박물원 소장

되고 파드마 삼바바는 게사르와 하나 되어 불법을 펼치려고 하였다. 게
사르는 마술적인 힘을 가진 말 캬고 카르카르(Kyang Go Karkar)를 얻고,
또한 세찬 두그모(Sechan Dugmo)를 아내로 맞는다. 그리고 링(Ling) 지
역을 손에 넣고는 다른 지역의 정복에 나선다. 그는 강의 신인 티르씨카
스(Tirthikas)와 싸워 이기게 된다.

제3장은 본격적인 정복 전쟁이 묘사된다.

게사르는 네 방향의 마물들을 정복하려고 마음을 먹는다. 동서남북의
적들을 보자면 우선 북쪽에는 루트젠(Lutzen)이 있으며 동쪽에는 쿠르카
르(Kurkar)라는 마물이 호르(Hor)지방을 통치하고 있었다. 그리고 서쪽
에는 장 지역의 사탐(Satham of Jang)이 있고 마지막으로 남쪽에는 싱티
(Singti)라는 마물이 있었다. 게사르는 먼저 머리 12개를 가진 루트젠을
정복하러 떠난다. 이 마물은 아름다운 중국여자를 부인으로 두고 있었
다. 이때 중국여자는 게사르를 만나고서 마음을 바꾸어 게사르를 도와
주게 되고 마침내 루트젠을 함께 죽이게 된다. 게사르는 그곳에서 중국
여자를 둘째 부인으로 삼아 지내게 된다. 이때 머리 없는 독수리가 나타
나서 링(Ling)지역이 호르(Hor)의 마물인 쿠르카르에게 점령되었고 첫
째 부인인 세찬 두그모(Sechan Dugmo)는 호르로 납치되었다고 말한다.
이에 게사르는 눈물을 뿌리면 애마를 타고 링(Ling)으로 돌아간다.

제4장에서 게사르는 링(Ling)지역을 다시 탈환하고 동쪽 쿠르카르
(Kurkar)의 궁전에 가서 계략을 통해 호르(Hor)지역을 손에 넣게 된다.
그리고 빼앗겼던 첫째 부인인 세찬 두그모(Sechan Dugmo)를 링(Ling)으
로 데려온다.

제5장을 보자면, 이즈음 장(Jang) 왕국의 사탐(Satham)은 다른 지역을
정복할 야망을 가지게 되었다. 이를 알아챈 게사르는 장(Jang)에 가 계략

을 써서 사탐(Satham)을 죽이고 영토를 확보한다.

제6장에서는 마지막 전쟁이 묘사된다.

장(Jang) 지역을 정복한지 10년이 지난 후 게사르를 도와주는 마네네 (Manene)라는 여신이 나타나 남쪽의 마물인 싱티(Shingti)가 힘을 키우고 있으니 지금 남쪽을 정복할 때라고 조언하였다. 이에 게사르는 군대를 이끌고 남쪽으로 가서 정복전을 벌여 승리한다.

제7장은 마지막 장으로 게사르는 모든 정복 전쟁을 마치고 3년간의 명상에 돌입한다. 그리고 게사르의 왕국은 평화를 이어가게 된다.

이 게사르전에 대해서 중국학자 쉬다이(索代)[53]는 게사르전의 특징으로 첫째 전쟁생활과 일상생활의 조화가 잘 나타나 있다고 평가하였다. 게사르전 속의 전쟁은 정의의 전쟁일 뿐이지 침략전쟁이 아니며 전쟁의 목적은 살생이 아니라 용맹의 표현이라고 말하였다. 아울러 이 게사르전에는 생활에 대한 묘사와 민속에 대한 묘사도 있기 때문에 민속학적인 자료로서도 가치가 있다고 하였다. 예를 들면 야련(冶煉)생산, 양주(釀酒)방식, 방직업 정황 등이 서술되어 있으며 혼례와 상례에 대한 자세한 묘사가 있다. 둘째 특징으로 게사르전에는 신화와 현실의 조화가 있는데 신과 마가 등장하는 신화세계와 현실세계의 교차가 있다고 하였다.

3-2. 티베트어본, 몽골어본, 부리야트본

게사르전은 인도의 라마야나와 마찬가지로 널리 퍼져서 티베트 (Tibet) 뿐만이 아니라 몽골리아(Mongolia), 부리아시아(Buryatsia), 칼미키아(Kalmykia) 그리고 튜바(Tuva)에까지 전해 졌으며 캄(Kham), 암도

53) 索代, 〈≪羅摩衍那≫與 ≪格薩爾王傳≫〉, ≪西藏藝術研究≫, 2001年 3月, 75-76쪽.

(Amdo) 그리고 고롯(Golok)지역에도 역시 구송되었다.[54] 이렇게 넓은 지역에 전해졌기 때문에 어느 판본이 먼저인가에 대한 문제가 등장한다. 이에 대해서 양민종, 주은성은 〈부리야트 ≪게세르≫ 서사시판본 비교 연구〉[55]에서 이 문제를 자세히 다루었다.

우선 판본 부분에서는 티베트의 유명한 판본으로는 19세기 이후에 채록된 암도(Amdo), 캄(Kham), 라다(Lada) 지역의 판본을 꼽는다. 그런데 몽골학자인 담딩수렝(T. S. Damdinsuren)은 몽골어로 된 〈링 게세르〉나 〈링의 왕 게세르 서사시 The Epic of King Kesar of Ling〉의 판본들이 1630년대 티베트 판본의 몽골어 번역이라고 말한다. 그러나 17세기에 채록 된 것으로 알려진 티베트 고본들은 모두 소실되어 원본을 찾을 수 없다. 그러므로 그의 주장에 따르면 몽골어 본 〈링 게세르〉가 현존하는 티베트 고본들 가운데 가장 오래된 판본이라고 할 수 있다.[56]

다시 정리하자면 게세르 서사시의 주요 판본으로는 〈1716년 베이징 판본〉, 〈이메게노프 판본〉, 〈페트로프-마다손 판본〉이 있다. 이중 〈1716년 베이징 판본〉은 몽골어로 쓰여졌으며 1776년 팔라스P. S. Palls에 의해 처음으로 서구에 알려졌다. 팔라스는 〈1716년 베이징 판본〉의 일부를 러시아에서 출판하였다.(P. S. Palls, Kbram Gesera, Ulan-Ude, 1995, 32에서 33)[57]

특히 미하일로프라는 학자는 몽골 지역의 게세르를 서사시로 이해하는 다수 연구자들의 시각에서 한걸음 나아가 게세르를 거대 서사시이면

---

54) Douglas J. Penick, 위의 책, introduction, 17쪽.
55) 양민종, 위의 책, 447-474쪽.
56) 양민종, 앞의 책, 448쪽.
57) 양민종, 앞의 책, 452쪽.

서 동시에 샤머니즘 세계를 드러내는 일종의 신화로 설명하였다.(T. M. Mikhailov, Burjatskij Shamanizm, Novosibirsk, 3-5쪽)[58]

한편 1957년 담딩수렝의 ≪게세리아다의 역사적인 뿌리 Istoricbeskie korni Geseriady≫에서는 티베트 → 몽골 → 부리야트로 이어지는 것으로 추정되었던 게세르 이야기의 전파과정을 각각의 개별적인 발전과정으로 정정하는 모습을 발견할 수 있다.[59]

게사르전 – 사천성박물원 소장

---

58) 양민종, 앞의 책, 454쪽.
59) T.S. Damdinsuren, *Istoricbeskie korni Geseriady*, Moscow, 1957, 12쪽. 양민종, 앞의 책, 455쪽에서 재인용.

이 논문은 게사르 신화의 주요 분포지로서 티베트, 몽골, 부리야트를 지적하고 있다. 그리고 판본 문제에 있어서는 몽골어로 된 〈1716년 베이징 판본〉이 인쇄된 가장 오래된 판본이라고 말한다. 그리고 이 세 지역 중 게사르 신화의 출발지를 부리야트 지역이라고 말한다. 그러나 이 견해는 약간 문제의 소지가 있다고 여겨진다. 여기서 문제가 되는 것은 '과연 부리야트 지역의 서사문학이 서사의 역사에서 이야기를 전개할 수 있는 내적 역량을 지니고 있었던가'의 부분이며 이에 대해서는 더 깊은 연구가 진행되어야 할 것이다.[60]

4. 라마야나, 게사르전 그리고 서유기와의 비교

4-1. 신화적 성격 - 신마(神魔)의 등장, 공간 사용의 자재성

라마야나와 게사르전 그리고 서유기는 다른 시대, 다른 지역의 작품들이다. 라마야나와 게사르전에 대해서는 리쟈오(李郊)[61], 구진(古今)[62], 쉬다이(索代)[63] 등이 연구하였다. 그런데 라마야나와 게사르전의 공통점은 서유기라는 작품과 공통점이 된다.

리쟈오(李郊)는 라마야나에서 나타나는 공간에 주목하고 있다. 이 공

---

60) 티베트, 몽골, 부리야트지역에 등장한 게사르전의 선후문제는 어쩌면 가설만이 난무한 채 본질적으로 해결이 되지 않는 문제가 될 수도 있을 것이다.
61) 李郊, 〈從≪客薩爾王傳≫與≪羅摩衍那≫的比較看東方史詩的發展〉, ≪四川師範大學學報≫, 1994年. 4月.
62) 古今, 〈≪客薩爾≫與≪羅摩衍那≫的比較硏究〉, ≪西北民族學院學報≫, 1996年 第2期.
63) 索代, 위의 논문.

간은 사람과 원숭이, 그리고 신마(神魔)들이 등장하고 있다. 특히 이 공
간에서는 사람과 신마의 교류와 충돌이 있으며 신마는 뛰어난 능력을
지니는 것으로 보았다. 수그리바를 비롯한 하누만이 지휘하는 원숭이
군대의 등장을 통해 인간과 원숭이간의 능력의 우위를 없앴다고 보았다.
한편 게사르전에는 신화적 성분이 없지는 않지만 신마는 게사르의 능력
에 복종하는 것으로 나타난다.[64]

구진(古今)의 경우도 그의 논문에서 라마야나와 게사르전의 공통점으
로 '공간사용의 자재성'을 들고 있다. 두 작품은 천인불분(天人不分)이며,
인신상교(人神相交), 인수합작(人獸合作)의 특징을 지니고 있다고 하였
다. 특히 게사르전의 경우는 신화적 색채와 환상적인 경향이 강하며 역
시 동물들이 전쟁에 개입하고 있다고 하였다.[65]

---

64) 李郊, 위의 논문, 49쪽에 따르면, 게사르전은 7세기초 송찬감포가 건립한 노예제
토번왕조와 더불어 10세기초 장족지구의 노예제에서 봉건제사회로의 이행기 과정
의 사회현실을 묘사하고 있다고 한다.

그의 논문의 중요 요점을 들자면 다음과 같다.

    a) 50쪽, 게사르전에 나타나는 전쟁에 대한 묘사는 티베트가 분열에서 통일로의
전진단계를 묘사하는 것으로 보았다. 또한 게사르는 보살의 환생으로 평가되고
있다고 하였다. 게사르전의 중요성은 내용상 개인적 복수를 넘어선 국가 종교에
관한 내용을 지니고 있으며, 작은 영역에서 점차 큰 영토의 국가로 확대 발전하는
모습에 대한 묘사가 있다고 하였다.

    b) 52쪽, 라마야나와 게사르전의 특징을 비교하자면 두 작품은 각각 陰柔의 미와
陽强의 미를 지니고 있다고 하였다. 라마야나는 음유의 미를 기반으로 해서
낭만적 색채를 지닌 이야기임에 비해서 게사르전은 양강의 미를 지닌 작품으로
전투장면과 자연경물묘사를 위주로 한 영웅주의가 주로 묘사되었다고 한다.

    c) 54쪽, 동방지역의 서사시로서 라마야나는 민족의 역사적인 경험을 기록하면서
민족의 영웅을 칭송하였음에 비해 게사르전은 개인적인 관점에서 사회적인 관점
으로의 전향을 보여주는 작품으로 사회현실이 가진 광범위성과 전면성을 반영하
고 있으니, 여기에는 왕의 운명은 나라의 운명이라는 관점이 보인다고 말한다.

65) 古今, 위의 논문, 24쪽.

이어서 쉬다이(索代)도 역시 라마야나와 게사르전의 가장 큰 공통점
으로 시간과 공간의 한계를 돌파한 점을 들고 있다. 라마야나는 일종의
신화나 전설로서 궁정의 투쟁에서 인마의 투쟁으로, 현실 세계에서 신화
세계로 이야기가 전개되고 있다고 하였다. 게사르전의 경우는 신화와
현실이 조화를 이루고 있는데 신과 마가 등장하는 신화 세계와 현실 세
계의 교차가 있다고 하였다.[66] 또한 두 작품은 이런 공통점이 있음에도

이 논문은 여러 가지 측면에서 두 작품을 비교하고 있다. 몇 가지 주목할 만한
사항을 보자면 다음과 같다.
  a) 24쪽, 주제면에서 라마야나는 인도인의 숭고한 이상을 그린 것에 비해서 게사르
     전은 이것과 다르다. 즉 게사르전에서 게사르가 하늘에서 지상으로 내려온 이유
     는 除暴安良, 즉 여러 백성을 구출해 내기 위한 목적이었다고 한다.
  b) 26쪽, 각 작품들의 기조와 경향성을 보자면 라마야나에는 비극적인 색채가 다분
     하며 전체적인 분위기가 침울하고 비참하다면 게사르전에는 이런 경향이 전혀
     없으며 명랑함과 유쾌함이 넘친다고 하였다.
  c) 26쪽-27쪽, 전쟁의 목적 부분에서는 라마야나의 경우 아내인 시타를 되찾기 위한
     전쟁이라면 게사르전에 전개되는 10여차례의 전쟁의 목적은 게사르의 智와 勇을
     표현하고 魔를 없애기 위한 것이라고 하였다.
  d) 28쪽, 인물 형상과 인물 조성 부분에서 라마야나는 是와 非, 美와 醜, 善惡의
     대립이 통일된 존재임에 비해서 게사르는 약점이 비교적 작은 존재이며 신성한
     인물로 나타난다. 또한 라마야나에서 라마가 상대하고 극복할 대상은 하나이지
     만 게사르전의 게사르가 싸워야 할 대상은 여러 명이었다.
  e) 30쪽, 두 작품의 여성에 대한 묘사를 보자면 라마야나에서의 여성은 비교적
     존경받는 것으로 보인다. 작품에서 여성을 모욕하는 장면은 없으며 라마의 부친
     은 350명의 후비를 거느리고 있었다. 라마의 처인 시타는 국정과는 무관한 나약
     한 여성으로 그려지고 있다. 그런데 이와는 대조적으로 게사르에 나타나는 여성
     상을 보자면 게사르가 전쟁을 위해 출정할 때는 제일 왕비가 국정을 대리해서
     운영하며, 그 주변의 여인들은 모두 지략을 발휘하고 있다.
66) 索代, 앞의 논문, 76쪽에서 라마야나와 게사르전의 경향성을 비교한다. 라마야나는
    다르마 정신을 발현하는 것으로, 이 다르마는 효도·충정·인자·신의·예의도 포
    함하고 있다고 하였다. 즉 다르마는 사람과 사람 사이의 숭고정신으로 라마가 표현
    하는 다르마 정신은 고대 인도 사람들의 신앙과 이상을 반영하고 있다고 하였다.

불구하고 경향성에서 차이가 나는 이유로서 다음과 같이 세가지를 말하고 있다.

> 1) 창작자가 의지한 역사적 사실이 다른 점.
> 2) 서사시 작품 탄생의 문화적 환경이 다른 점.
> 3) 작자 본인의 재능과 심미정취가 다른 점.

그런데 세 명의 학자가 지적한 라마야나와 게사르전의 공통점은 그대로 서유기와의 공통점이기도 하다. 위에서 지적한 공통점을 들자면 첫째는 천인불분(天人不分)이며, 인수상교(人神相交), 인수합작(人獸合作)의 신마가 등장하는 신화적인 내용이라는 점, 둘째는 공간사용의 자재성인데, 이것은 그대로 서유기에도 적용할 수 있다. 서유기의 주인공인 손오공이나 저팔계 그리고 사승 등은 그야말로 인신(人神)이 합쳐진 형상이며, 작품에서 옥황상제나 나한들과 같은 천상 존재들이 마음대로 지상에 등장하고 있다. 또한 라마야나에서 사람인 라마와 원숭이인 하누만이 합동 작전을 펼치는 것처럼 서유기에서 손오공은 삼장을 도와서 여행 중의 장애들을 다 없애준다. 비록 인간인 삼장은 공간을 자유롭게 드나들지는 못하지만, 요마의 세계로는 자주 들어가서 문제를 일으킨다. 그리고 나머지 제자들에게 있어서 천상이나 지하와 같은 공간은 어떠한 제약도 없는 자유로운 공간이다.

그러므로 실크로드상에 있는 세 개의 서사 작품인 라마야나와 게사르

이에 비해 게사르전은 통일전쟁을 묘사하고 있는데 게사르는 불교의 대표 인물이라고 할 수 있다. 게사르는 역량의 화신이자 지혜의 화신이기 때문에 신하들은 게사르에게 충정을 바칠 수밖에 없는 상황이었다. 그러므로 게사르는 봉건사회발전의 역사적인 요구와 진행에 대한 문학적인 반영이라고 말한다.

전, 그리고 서유기는 이런 신화적인 성격에서 어느 정도 공통점을 지닌다고 할 수 있다.

4-2. 세속화 과정 - 겹쳐진 공간, 공간의 세속화

서유기에서 삼장이 걷는 여행의 세계를 관찰하자면 그들은 현실의 세계를 걷기도 하지만 천상 세계나 지하 세계와 같은 세계도 마음껏 오간다. 여행 도중에 만나게 되는 세계는 천상의 존재들과 지하의 존재들이 서로 마음대로 왕래할 수 있는 독특한 세계이다. 그러므로 이 세계는 천상 세계와 지상 세계가 별개의 공간으로 존재하는 것이 아닌 겹쳐진 세계라고 할 수 있다. 이 공간에서 천상의 존재나 요마들은 꿈이나 거울 같은 통로를 통하지 않고 바로 현실 세계에 등장한다.

그렇다면 라마야나와 게사르전에 나타나는 세계는 어떠할까? 라마야나의 주인공 라마나 게사르전의 주인공 게사르는 특별한 운명의 별을 지고 태어났지만 그들도 역시 지상에서만 활동하는 것이 아니라 천상의 존재들이 나타나서 도와주는 특별한 세계에서 활동하고 있다. 라마의 경우는 신통력을 지닌 원숭이 하누만을 비롯한 능력자들이 도와주며, 게사르의 경우는 신마(神馬)인 캬고 카르카르(Kyang Go Karkar)가 그를 원하는 곳으로 데려다 주며, 예언의 여신이라고 할 수 있는 마네네(Manene)는 어려운 시점에 나타나서 미래를 예언해 준다.

이처럼 이들 작품들의 세계는 서유기와 마찬가지로 이세계와 저세계가 유리된 세계가 아니라 서로 겹쳐져서 존재하고 있다고 볼 수 있다. 특히 라마야나의 하누만과 같은 경우는 랑카로 갈 때에는 날아서 간다. 이에 대해 게사르 같은 경우는 직접 날지는 못하고 그의 신마인 캬고 카르카르를 타고서 마음껏 돌아다닌다. 그는 손오공과 마찬가지로 공간의 자유를 누리고 있다.

이런 겹쳐진 세계, 이런 공간의 본질은 무엇일까를 생각해 본다. 서유기의 경우 서유기 속의 주인공들은 이 세상과 저세상을 다른 공간으로 구분하지 않는다. 이들에게 저세상은 우리가 이해할 수 있는 '세속화된 공간'이 되었다.

이 세속화에 대해서는 하비 콕스의 ≪세속도시≫의 설명이 유용하다.

> 세속화는 세계에 대한 종교적 또는 유사종교적 이해로부터 세계를 자유롭게 하는 것이며, 모든 폐쇄적 세계관과 모든 초자연적 신화와 거룩한 상징들을 깨뜨려 버림이다. 세속화는 또한 역사의 비운명화이기도 하다. 역사의 비운명화란 인간이, 온 세상은 그의 양손에 맡겨졌다는 것과, 인간 행위의 결과인 행운이나 진노에 대하여서 핑계할 수 없게 되었다는 것을 발견함이다. 세속화는 인간의 관심을 저 세상으로부터 지금 이 세상으로의 돌림이다.[67]

하비 콕스는 신학자로 그가 말하는 신학적인 "세속화"란 바로 인간의 주된 관심이 '저 세상'이 아닌 '이 세상'으로 이동하였다는 점을 말한다. 또한 신학적 의미의 '세속화'란 부정적인 의미가 아닌 긍정적인 의미이며, 어떤 의미에서는 우리가 필연적으로 맞게 되는 역사적인 단계로 이해된다.[68]

이런 해석을 문학적인 관점에서 재해석하자면 '세속화'란 좁은 의미로는 천상 존재들, 혹은 신마들이 인간들과 마찬가지의 존재로 나타나는 것을 말하며, 넓게는 인간이 인간의 인식을 넘어서는 것으로 여겨졌던 '저 세계'가 '이 세계'처

---

67) 하비 콕스 지음, 구덕관 외 옮김, ≪세속도시≫, 서울: 대한기독교서회, 1993년, 8쪽.
68) 문학적인 측면에서 '세속화'에 주목한 다른 글로는 이동하의 ≪한국문학 속의 도시와 이데올로기≫(서울: 태학사, 1999년)를 들 수 있다.

럼 이해되는 경우를 말한다. 각각의 작품에서 나타나는 '겹쳐진 공간' 속에
서 주인공을 비롯한 등장인물들은 다른 세계(저승 혹은 지하세계)에 대
한 두려움 없이 여러 공간을 자재로 다니면서 자신들의 의지를 실현하고
있다. 그러므로 이 공간들은 실재와 떨어진 공간이 아닌 '세속화된' 현실
공간이라고 할 수 있다.

그러므로 우리가 지금까지 관심을 가지고 고찰하였던 실크로드 도상
의 세 서사작품 즉 라마야나, 게사르전, 서유기에 나타나는 공간은 바로
'겹쳐진 공간'이자 '세속화된 공간'이라는 공통 요소를 가지고 있다고 볼 수
있다. 다시 말하자면 서사문학 발전의 단계로 볼 때 이들 작품들은 공간
인식의 측면에서는 '세속화'의 과정을 따르고 있다.

5. 그리고 실크로드

우리는 지금까지 실크로드에 있는 세 민족의 서사작품에 주목하였다.
그 세 작품은 인도의 라마야나, 티베트의 게사르전, 그리고 중국의 서유
기이다. 이 세 작품은 모두가 주위 민족과 나라에 큰 영향을 미친 작품들
이다. 라마야나는 북으로는 돈황과 몽골로 갔으며 남으로는 남아시아의
여러 나라로 퍼져 나갔다. 마찬가지로 게사르전은 몽골과 부리야트를
비롯해서 서아시아까지 전파되었으며 서유기는 중국에서 만들어져서
동아시아, 곧 한국과 일본에 큰 영향을 미쳤다.

이런 전파의 과정 중에 라마야나의 경우는 최근에 돈황에서 옛 티베
트어본 라마야나가 발견되어서 라마야나 번역의 역사를 고대로 끌어 올
렸다. 또한 게사르전의 경우는 티베트본과 몽골본 그리고 부리야트본의

선후문제가 아직도 해결되지 않은 숙제로 남아 있다. 여기에서는 티베트본을 게사르전의 시초본으로 정의하고 논의를 전개하였다. 이 외의 지역에도 역시 게사르전은 공연되고 있을 것으로 보인다.

라마야나와 서유기의 연관성에 대해서는 그동안에 천인커(陳寅恪) 그리고 지셴린(季羨林) 등이 두 작품의 연관성을 주장하고 있다. 그러나 각 인물의 접근을 통한 공통점의 모색은 그 해답을 정확히 말할 수 없었다. 또한 라마야나와 게사르전에 대해서는 중국의 몇몇 연구자들이 주목한 바 있다. 그러나 세 작품의 연관성에 대해서는 그다지 많은 연구가 되지 않았다.

우리는 실크로드에 존재하는 인도, 티베트, 그리고 중국 서사작품이 각기 다른 시기에 생겨났지만 그들은 서사문학 발전 단계에서 비슷한 단계를 밟아왔음을 알 수 있다. 이 세 작품은 신마가 등장하는 신화적인 요소를 가진 작품이라는 점, 또 하나는 공간 사용의 자재성을 가졌다는 점에서 공통점을 지닌다고 볼 수 있다. 특히 이 작품들에서 보이는 공간은 평범한 공간이 아니라 겹쳐진 공간, 세속화된 공간이라는 공통점을 가진 것으로 보인다. 그리고 이런 공간적인 특징은 서사문학 단계에서 거쳐 가야 하는 하나의 과정으로 여겨진다.

II. 게사르전 이해의 토대

- 판본과 불교

1. 게사르전

티베트 서사시 게사르전은 한국에서는 연구가 미진한 작품이다. 티베트는 독특한 문화전통을 가진 민족으로서 그들의 문학작품들은 동아시아에 존재하는 민족문학으로서 독특함을 가지고 있다.

티베트의 대표적인 서사시 게사르전에 대한 평가를 살펴보자면 우리나라에서는 박성혜의 박사논문 중에서 다음과 같이 말하고 있다.[1]

> 세계 최장의 서사시로 아직까지 덧붙여지고 있는 게싸르 왕[2]의 이야기는 티베트 문학의 최고봉이라 할 수 있으며, '게싸르 학'이라는 전문 연구 분야를 만들기도 했고, 링중이라는 설창을 통해 지금도 공연되고 있다. 게싸르의 전설적인 이상향 '링 왕국'은 토번 왕조의 붕괴 이후, 400년에 걸친 암흑기를 배경으로 한다. 게싸르는 난세에 민초들이 만들어낸 이상적인 메시아로서 티베트 본토 뿐만이 아니라, 청해·사천·운남·감숙 등의 '장족 거주 지역과 신강 위구르·내몽고 등의 티베트 문화권 및 네팔·부탄·시킴·카슈미르·외몽고까지 널리 유전되고 있으며, 지금도 그 내용이 계속 덧붙여지고 있는 티베트 서사문학의 결정체이다.

위의 말을 참고하자면 게사르전은 티베트문학의 최고봉이라고 할 수 있으며 티베트 자체 뿐만이 아니라 몽골을 비롯한 티베트문화권에 큰 영향을 미친 작품임을 알 수 있다. 이 게사르전에 대한 연구는 근대 이후로 지속되고 있으며 특히 유럽지역의 학자들이 게사르학 연구에 있어서 많은 공헌을 하였다.

---

1) 박성혜, 〈티베트 전통극 라뫼승계 연구〉, 연세대학교 박사학위논문, 2007, 237쪽.
2) 박성혜 논문에서는 게사르 왕이 아닌 게싸르 왕이라고 지칭하고 있다. 이외에도 게사르는 티베트 이외에 지역에서 게세르로도 불리운다.

또한 설창문학인 게사르전은 현재에도 공연되고 있으며 공연 중간 중간에 때로는 이야기가 삽입되기도 하는, 고정되어 있는 작품이 아니라 성장하고 변화하는 문학작품이다. 구전되던 게사르전은 부분씩 기록되다가 이후에는 전문적인 수초가들에 의해서 기록되었다. 그리고 결국에 목판본으로 널리 유포되게 되었다. 이런 일련의 과정에 대한 고찰은 게사르전 연구에 있어서는 필요불가결한 부분일 것이다. 특히 게사르전을 비롯한 티베트 문학의 이해에 있어 티베트불교는 큰 영향을 미친 것으로 여겨지는데 티베트인에게 있어서 그들의 불교는 무엇보다도 중요한 삶의 지침일 것이다.

게사르전에 대한 연구는 아직 초보단계이며 본 연구는 이런 측면에서 시론적인 성격을 띠고 있다. 이에 게사르전 연구의 토대로서 여기서는 게사르전 내용의 본질적인 평가 보다는 이 작품 탄생의 여러 가지 배경에 대해서 알아보고자 한다.

여기에서는 게사르전 연구에 열정을 바친 중요 연구자들에 대한 검토, 그리고 판본에 관한 이해를 시도하고자 한다. 이와 아울러서 티베트불교의 성격과 게사르전 속에 나타나는 게사르왕의 전신인 파드마삼바바, 그리고 그의 저서로 알려진 '사자의 서'에 대해 알아보고자 한다. 특히 '사자의 서'는 티베트불교의 한 특징을 드러내고 있기 때문에 이를 통해 우리는 티베트불교에 대한 이해를 높일 수 있을 것이다.

2. 게사르전의 중요 연구자

2-1. 스테인 - 설창자의 조건

게사르전 연구에 있어서 압도적인 공헌을 한 사람으로는 스테인(R. A. Stein)을 들 수 있다. 그는 중국학에서 출발하였으나 차츰 티베트학의 중요성을 인식하고 티베트학으로 박사학위를 받으면서 이 방면의 연구에 집중하였다. 그의 티베트학에 관한 삼부작을 꼽자면 첫째는 ≪티베트의 문명≫, 둘째는 ≪티베트사시와 설창예인≫, 그리고 마지막으로 ≪중국과 티베트 사이의 고부족≫을 들 수 있다. ≪티베트의 문명≫은 1962년에 파리에서 발행되었으며 ≪티베트사시와 설창예인≫은 1959년 파리에서 ≪한학연구소총서≫의 한권으로 발간되었다. 한편 ≪중국과 티베트 사이의 고부족≫은 1957년 역시 ≪한학연구소총서≫로서 발간되었다.[3][4]

이렇게 중요한 책임에도 불구하고 이 책은 프랑스어로 서술되었기에 일반 독자들의 접근이 쉽지 않았다. 그런데 최근 중국의 경성(耿昇)이 이들 책을 중국어로 번역하였다. 특히 이 중에서 ≪티베트사시와 설창예인≫은 바로 게사르전에 관한 연구서이다. 이 책은 비록 반세기 전에 출판되었지만 연구의 치밀성과 광범위함으로 인해 아직도 게사르전 연

---

3) Rolf Alfred Stein, *Recherches sur l'épopée et le barde au Tibet*, Paris : Presses universitaires de France, 1959.
4) 石泰安著 ; 耿昇譯 ; 陳慶英校訂, ≪西藏史詩和說唱藝人≫, 北京 : 中國藏學出版社, 2005, 역자의 말 4-6쪽. 그러나 이 중국어 번역본에는 스테인(Stein) 책에 나와 있는 자료들의 이름을 중국어 번역어로만 표기하였고 원 논문이름을 알 수 없었다. 그래서 본 논문에서는 필요할 경우, 원 논문의 이름을 확인하기 위해서 스테인의 책도 참고하여 표기한다.

구에 있어서 중요한 자료로 여겨지고 있다.[5]

게사르전 연구자인 스테인의 연구 내용을 개략적으로 보자면, 그는 게사르전이 무가적인 요소가 많은 것으로 보고 있다. 그는 이 근거로, 게사르전을 공연하는 공연자의 복장에 주목하였다. 스테인이 게사르전을 공연하는 설창자를 무속에 등장하는 샤먼과 동일시하는 가장 큰 이유는 그들의 모자와 복장이 샤먼 즉 무당들과 일치하기 때문이다.[6]

특히 설창자의 모자는 중요한데, 이 모자의 의미는 이 모자를 착용해야만이 특별한 인간, 즉 신의 계시를 받을 수 있는 인간의 자격이 생기기 때문이다. 게사르전을 공연하는 공연자의 경우 특별한 모자를 착용하는데 이 모자는 대부분 세 개의 뾰족한 부분이 있으며 이 뾰족한 부분에는 독수리와 같은 사나운 새의 깃털을 꽂는다. 이와 함께 모자는 여러 종류의 색깔을 가지고 있으며 이 색깔들은 설창자의 감정을 표시하는 경우가 많았다고 한다.[7]

새는 인간과 천상의 신을 연결하는 존재이다. 그러므로 인간이 신과 어떤 접촉을 원한다면 매개물이 필요하고 게사르전의 경우는 이 매개물이 바로 새의 깃털이다. 또한 이 모자에는 거울과 오색의 술이 달려있다. 이들 역시 설창자가 어떤 계시를 받기 위한 매개물이다. 거울의 의미는

---

5) 이 책을 살펴보자면 게사르전 관련 참고서목이 251개가 나열되어 있다. 그런데 이들 서목들은 대개가 프랑스어, 독일어, 몽골어, 러시아어 자료 등이다. 게사르전 연구는 이미 1800년대에 유럽에서는 많은 자료를 축적한 분야였다. 유럽인들에게 중국이라는 나라는 역사 속에서 질긴 인연을 가지고 교류한 관계로 이들을 이해할 수 있는 자료와 지식은 이미 어느 정도 축적되어 있었다. 그러나 티베트는 상대적으로 외부에 덜 알려진 지역인데 이 지역 사람들은 자신의 언어와 종교 생활을 하고 있었다. 이에 연구의 목적이야 어찌 되었던 간에 유럽의 많은 학자들이 이 분야에 뛰어 들었다.

6) 石泰安, 위의 책, 357쪽.

7) 石泰安, 앞의 책, 384쪽.

역시 이세계가 아닌 다른 세계와의 통로가 될 수 있다는 점에서 중요하다. 거울은 자신의 모습을 보는 창이기도 하지만 한편으로는 거울 속에는 이 세상이 아닌 다른 세상이 '있는' 것이다.

다시 말하자면 설창자는 무당과 마찬가지로 자신의 힘이 아닌 다른 힘을 필요로 한다. 바로 황홀경 상태에서 서사시를 읊어가는 것이다. 이때에 필요한 다른 세계의 힘은 바로 모자나 복장을 갖추어야 만이 활용이 가능한 것이다.

이런 사실을 통해 볼 때 우리는 스테인의 연구 방향, 즉 설창예인은 기본적으로 무당과 일치한다는 점에 대해서 반박할 이유가 보이지 않는다. 스테인이 실행한 연구의 독특한 점은 게사르전이 무가적인 성격을 가진다는 점을 설창자의 복식을 통해 접근했다는 점이다.

2-2. 로에리치, 런나이챵(任乃强) 등

스테인과 더불어 게사르전 연구의 주요 연구자로는 로에리치(George N. Roerich : 1902-1960)[8]를 들 수 있다. 로에리치는 러시아 출신의 미국 연구자이다. 그는 스테인보다 앞서서 티베트에 관심을 가지고 게사르전을 살펴보았으며, 스테인이 설명에 주안점을 두었던 설창예인의 모자에 대해서 스테인에 앞서서 언급하였다.[9] 스테인이 연구의 방향을 정할 때 큰 도움을 주었던 연구자로 여겨진다. 한편 빅터 메어의 책 ≪그림과 공연-중국의 그림 구연과 그 인도 기원≫, 290쪽에 따르면 로에리치는 게사르왕이 만주족 무성(武聖)이자 만주족 왕조의 수호신인 관제(關帝)

---

8) Roerich의 발음은 로에리치, 로리치, 레리히 등으로 불린다. 여기서는 로에리치로 표기한다.
9) George N. Roerich, "The epic of King Kesar of Ling", p277-311, Stein, 위의 책, 23쪽.

로서의 게사르왕의 이미지가 있다고 하였다.[10] 그러나 이 견해는 별 근거가 없는 로에리치의 개인적인 견해로 보인다. 게사르왕과 관제(關帝) 사이의 관계는 아무리 찾아도 찾아볼 수 없다. 아마도 게사르왕과 관제(關帝)가 공통적으로 말을 애호하고 또한 전사였다는 점에서 로에리치의 이런 견해가 나온 것으로 여겨진다.

또한 로에리치는 게사르전을 비롯한 티베트불교의 또 다른 유산인 그림, 즉 탕카에 대해 관심을 가지고 연구하였다.[11]

한편 중국에서 게사르전에 관해 관심을 두고 언급한 학자로는 런나이창(任乃强)이 있다. 그는 1945년 〈만삼국적초보소개(蠻三國的初步紹介)〉라는 논문에서 게사르전과 ≪삼국지(三國志)≫를 비교하였는데, 연구에 말미에 그는 게사르전과 ≪삼국지(三國志)≫는 관련이 없으며 게사르전의 역사인물은 11세기 티베트의 왕이었다고 말하였다.[12]

그 밖의 게사르전에 관심을 가지고 일찍부터 연구한 연구자로서는 러시아 연구자 포타닌(Grigory. N. Potanin : 1835-1920), 또 다른 러시아 출신의 포페(Nicholas. Poppe : 1897-1991), 프랑스의 데이비드-넬(Alexandra David-Néel : 1868-1969), 독일의 프랑케(August. H. Franke : 1870-1930), 그리고 이탈리아의 투치(Giuseppe Tucci : 1894-1984) 등을 들 수 있다.[13]

---

10) 빅터 메어 지음, 김진곤· 정광훈 옮김, ≪그림과 공연-중국의 그림 구연과 그 인도 기원≫, 서울 : 소명출판, 2012, 290쪽.
11) George Roerich, *Tibetan paintings*, Delhi : Gian Pub. House, 1985.
12) 任乃强, 〈蠻三國的初步紹介〉, 21-27쪽, 石泰安, 위의 책, 19쪽에서 재인용.
13) Stein, 앞의 책, 9-30쪽에 이들의 저서가 소개되어 있다.

3. 판본에 대해서

게사르전의 경우, 우리가 볼 수 있는 판본으로는 수초본(手抄本)과 목판본(木版本)이 있다. 게사르전은 설창예술로 공연되었기 때문에 처음에는 입에서 입으로 전달되면서 암기를 통해 공연되는 양상이었다. 이것이 이후에는 손으로 적는 수초본의 형식을 가지게 되며 이후에 수초본에 대한 수요가 증가하면서 목판본이 출현하게 된다.

3-1. 수초본의 탄생

게사르전의 경우는 대략 12세기 전후로 해서 서사시가 만들어진 것으로 여겨지는데, 이것은 처음에는 설창인들의 구두본으로 전래되었다. 그 후 시간이 흐르면서 게사르전을 전문으로 하거나 혹은 반전업으로 설창하는 설창인들이 등장하게 된다. 이 수초본의 경우는 누군가에게 보여주는, 독서를 위한 책이 아니라 단순히 설창을 잊어버리지 않고 복습하기 위한 목적이었기 때문에 내용이 간략하였다. 이처럼 입에서 입으로 전해지던 게사르전이 정확히 어느 시기에 필사로 기록되었는지는 여부는 알 수 없다.

이런 수초본의 예로써 다음과 같은 네 종류를 들 수 있다.[14]

> a) 청해 옥수(玉樹)의 현재 초본가인 부터가(布特嘎)의 경우는 세습하는 사본 집안이라고 할 수 있다. 이 집안의 경우는 수초 작업이 외조부인

---

14) 楊恩洪, ≪中國少數民族英雄史詩≪格薩爾≫≫, 杭州 : 浙江教育出版社, 1995, 98-102쪽. 여기에 등장하는 ≪貢太讓山羊宗≫(kong the rang rardzong), ≪花岭世系≫(khra moglin gi skye rab), ≪白哈日茶宗≫(bhe ha ravi ja rdzong)는 모두가 게사르전 내용의 한 부분들이다.

가루(嘎魯 : 약 1872-1959)에서 시작하여 부터가(布特嘎)로 이어졌으며 근년에는 그의 아들인 츄쥔자시(秋君扎西)도 역시 아버지와 함께 게사르전을 옮겨 적었다. 그러니 이 집안은 초본가로서 역사가 100여년에 이른다. 이 집안의 사본은 "옥수(玉樹) 25족(族) 터가(特嘎)사본"이라고 칭해진다.

b) 또 다른 사본으로서 청해(靑海) 과락주(果洛州) 반마현(班瑪縣)의 ≪공타이랑싼양쫑(貢太讓山羊宗)≫(kong the rang rardzong)이 있는데 이 작품의 작가는 둬지스졔자(多吉斯杰扎)이고 원래 이름은 건상니마(根桑尼瑪)이며 티베트불교의 중요 인사 중의 하나이다. 그가 게사르전을 적은 것은 그냥 적은 것이 아니라 어떤 영감을 얻어서 기술한 것이라고 한다. 그래서 이 판본은 더중(德仲)(gter sgrung)이라고 부른다. 그리고 이 시기는 대략 1930-40년대로 추정되고 있다.

c) 청해(靑海) 〈게사르〉 연구소에서 보존하고 있는 ≪화링스시(花岭世系)≫ (khra moglin gi skye rab)의 경우, 이 책의 경우도 작가가 명확히 기재되어 있는 경우이다. 이 책의 작가는 바이마러와둬지(白瑪熱哇多吉)이다. 그도 역시 승려로서 영적인 계시를 받고 이 작품을 써내렸다고 밝히고 있다.

d) 이 이외에도 과락(果洛)지방에 전해지는 사본으로는 ≪바이하르차쫑(白哈日茶宗)≫(bhe ha ravi ja rdzong)이 있다. 저자로는 나랑둬지(那朗多吉)이며 그도 역시 승려이자 게사르전 애호자로서 10부의 게사르전을 필사하였다.

이처럼 손으로 직접 모사했던 수초본은 소수의 사람들에게 통용되었으며 현재에 남아 있는 것은 손으로 헤아릴 정도이다.

3-2. 목판본의 등장

수초본이 단순히 보관을 위한 교재였다면 목판본은 전파를 위한 교재가 된다. 목판본의 등장으로 게사르전은 좀 더 본격적으로 사람들에게 퍼졌으며 아울러 어떤 측면에서는 내용면에서는 고정화되는 과정을 밟게 되었다.

목판본 등장에 중요하게 관여한 인물로는 닝마파 승려인 미팡·랑쪠쟈춰(米旁·郞杰嘉措 Mipham Namgyal Gyaltsho : 1846-1912)가 있다. 그는 게사르전에 큰 흥미를 가지고 고증과 연구를 하였다. 특히 그는 감자장구(甘孜藏區)일대에 거주하였는데 이곳에는 장족 중요 인쇄소 중의 하나인 덕격인경원(德格印經院)이 있는 곳이다. 여기에서 볼 수 있는 판본으로는 다음과 같은 7종이 있다.[15]

≪천령복서(天岭卜筮)≫ 덕격(德格) 임창(林倉) 각본, 사천민족출판사(四川民族出版社), 1980년 출판.
≪영웅탄생(英雄誕生)≫ 덕격(德格) 임창(林倉) 각본, 사천민족출판사(四川民族出版社), 1980년 출판. 감숙인민출판사(甘肅人民出版社), 1981년 나누어서 출판.
≪새마칭왕(賽馬稱王)≫ 덕격(德格) 임창(林倉) 각본, 사천민족출판사(四川民族出版社), 1980년 출판.
≪대식재종(大食財宗)≫ 사천(四川) 파방사(巴幇寺) 각본, 감숙인민출판사(甘肅人民出版社), 서장인민출판사(西藏人民出版社), 1979년 나누어서 출판.
≪분대식재보종(分大食財寶宗)≫ 강달현(江達縣) 파노사(波魯寺) 각본, 사천민족출판사(四川民族出版社), 1981년 출판. 다른 한 본은 라싸(拉薩) 각본, 서장인민출판사(西藏人民出版社), 1980년 출판.

---

15) 楊恩洪, 위의 책, 104-105쪽.

≪잡계옥종(卡契玉宗)≫ 덕격(德格) 각본, 서장인민출판사(西藏人民出
版社), 1979년 출판.

≪지옥구모(地獄救母)≫ 강달현(江達縣) 와납사(瓦拉寺) 각본, 사천민
족출판사(四川民族出版社), 1986년 출판.

이들 목판본들은 대체로 19세기말에서 20세기 초에 티베트불교 사원
에서 제작되었다. 게사르전은 불교와 깊은 연관을 가지고 있다. 예를
들자면 게사르전 탕카를 보자면 게사르는 거의 부처님과 동급으로 티베
트에서 받아들여지지 않나하는 의구심을 가질 정도로 존경받는다.

한편 목각장소로는 현재 사천의 감자주(甘孜州)의 덕격(德格)일대가
유명하다. 이 목각본은 모두가 인경원(印經院)이나 사원에서 인쇄하였
으며 이 목판본으로 오견체(烏堅體 dbu can)16)로 작성되었다.17)

이처럼 게사르전은 수초본으로 유통되어지다가 아주 최근에 와서야
목판본으로 출판되었다. 원래 게사르전은 앞의 스테인이 지적한 대로
구전서사시 혹은 설창예술로서 공연되고 전달되어 왔다. 그런데 수초본
에서 발전하여 목판본으로 간행되면서 종교인사의 각색이 많이 들어가
게 되며 정리되는 과정에서도 설창의 요소가 들어가게 된다.

3-3. 다양한 언어의 판본

티베트어 이외의 게사르전 판본으로 가장 중요한 것은 1716년 북경에
서 출판된 몽골어본을 들 수 있다.18)19) 이 판본은 출판년도를 확실히

---

16) 티베트어 필체의 일종으로서 한자로 치면 楷書에 해당된다.
17) 杨恩洪, 앞의 책, 106-107쪽.
18) 石泰安, 앞의 책, 5쪽.
19) 티베트어와 몽골어는 계열이 다른 문자로 알려져 있다. 이 몽골어에 대해서는 유원
수가 그의 책 ≪몽골 대서사시 게세르 칸≫, 460-461쪽에서 다음과 같이 자세히

알 수 있는 거의 독보적인 판본으로 학계의 주목을 받고 있다.

이 판본을 우리말로 번역한 유원수는 다음과 같이 1716년 몽골어본을 평가한다.[20]

> 이 텍스트는 최초의 인쇄본이라는 문헌학적인 의의 말고도, 이 최초의 인쇄본에 선택된 이야기들이 1716년 당시 가장 널리 받아들여진 '게세르' 이야기들이었을 가능성이 매우 높다는 점, 그리고 출판 후에도 다른 어느 수서본, 구전본보다 몽골 사람들에게 널리 알려졌을 것이라는 점, 또한 티베트어 '게사르' 보다도 100년 이상 먼저 외부 세계에 소개되었다는 점 등에서 다른 어느 판본도 따라올 수 없는 문학적·문화적 가치가 있다.
>
> 사실 몽골어 '게세르'나 티베트어 '게사르'도 어느 것이 정본이라든가, 그 안에 어떠어떠한 이야기들이 들어 있어야 한다든가 하는 확립된 기준 같은 것은 없다. 20세기 중후반 이후 내몽고와 몽골에서 각각의 표준문어로 출판한 몽골어 '게세르'들을 보면 우리의 1716년 목판본을 핵심으로 하고 자신들의 지역에서 확보한 수서본들의 내용을 보충하거나 참고한 것들이다.

한편 티베트어본의 방계본으로 라다크어본(Ladakh), 캄 지역(Kham)

설명하고 있다.

"이 문자는 이집트 상형문자가 페니키아 음절문자로 이어지고, 거기서 다시 위구르 사람들의 음소문자(가로쓰기)로 발전하여, 몽골 음소문자(세로쓰기)화 되었다는 것이 일반적인 견해인데, 몽골 학계에서는 위구르 문자를 거치지 않고 위구르 문자와 동시대에 소그드 문자로부터 바로 전래한 것으로 이야기한다. 몽골 문자는 다시 만주 문자, 토도 문자, 시버 문자의 모태가 되었다 … 할하, 칼미크, 부랴트 몽골 사람들은 1930-1940년대부터 러시아 사람들의 키릴 문자를 빌려 각기 자신들의 몽골어의 음운 체계를 잘 반영할 수 있도록 글자를 몇 개씩 더하여 사용하고 있다. … 내몽고에서는 아직도 전통 몽골 문자를 언론, 출판, 개인적 기록 등 모든 형태의 문자 생활에 사용하고 있으며, 몽골에서는 새 몽골 문자라고 부르는 키릴 문자를 모든 문자 생활에서 사용하고 있으나 일정한 수준의 교육을 받은 사람들은 전통 몽골문자도 잘 알고 있다."

20) 유원수, 위의 책, 7쪽.

방언, 탕구트어본(Tangoutes, 西夏)의 구어본이 존재한다.

라다크어본에 대해서는 독일의 프랑케(Francke)가 정리하였는데, 특히 1900년에서 1907년에 걸쳐서 여러 편의 라다크어본 관련 논문을 발표하였다. 한편 캄 지역(Kham) 방언의 경우 1931년 데이비드-넬(David-Néel)은 프랑스어 논문을 통해 옥수(玉樹)지역의 설창예인의 공연상황을 기록하였다. 이 지역에서는 캄(Kham) 방언으로 공연을 하였으며 이 공연은 6주간 계속되었는데 매일 두 번의 장이 펼쳐지며 각 장은 3시간씩 계속되었다고 한다.

또한 탕구트어본의 경우는 1893년에 러시아의 포타닌(Potanin)이 탕구트어 관련 3개의 단편적인 기록이 있음을 발견하였다. 이에 따르면 첫째 60세 정도의 탕구트인이 공연하는 것을 보고서 몽골인인 라마 세렝(Rama Sereng)이 이 내용을 몽골어로 번역하였고 이것을 포타닌이 러시아어로 번역하였다. 둘째는 삼천(三川)지역의 라마 준퇴이(Rama Dxundui)가 수집한 탕구트어문본이 있다. 셋째는 흑수하(黑水河 三川 서쪽지역)의 탕구트인인 삼바르차(Sambarca)가 설창한 것이 있다.[21]

또한 렙차지역(Lepchas, 雷布査)[22]의 경우 이 지역에 '링 가쵸(Ling Gyaso)'왕 이야기가 전해진다고 하는데, 내용이 게사르전과 유사하며 현재 이 자료는 덴마크 코펜하겐에 있다.

이외에 듣기에도 생소한 부루샤스키어(Burushaski, 布魯沙斯克)와 몽골구전본이 있는데 특히 몽골구전본의 경우는 내용이 아홉 부로 이루어졌다. 이외에 부리아트어본(Buriat), 위구르어본(Yugur), 오이라트어본

---

21) 石泰安, 앞의 책, 60-63쪽.Stein, 앞의 책, 56-58쪽.
22) 시킴지방과 부탄 서부지역 그리고 네팔 동부를 가르킨다.

(Oirat, 혹은 칼무크 Kalmuk), 그리고 투르크어본(Turc) 등이 존재한다.[23]

4. 불교와 게사르전

4-1. 티베트 불교

현재 티베트인의 대부분은 불교를 믿고 있다. 그들이 믿는 불교는 동아시아에 전래된 대승불교와는 약간 성격을 달리한다. 일반적으로 티베트불교 혹은 라마불교라고 하는 토착화된 불교가 그것이다. 이 티베트불교는 티베트 토착종교인 본교(苯敎)의 영향도 받고 있다.[24] 이 불교 안에도 성격을 달리하는 몇 개의 종파가 존재한다.

그 종파는 대체로 다섯 개로 분류할 수 있다. 바로 닝마파, 카담파, 사캬파, 카규파, 겔룩파이다.[25]

---

23) 石泰安, 앞의 책, 63-70쪽, 스테인, 앞의 책, 59-64쪽. 이처럼 여러 가지 언어의 게사르전본을 통해 우리는 게사르 이야기의 전파의 범위를 짐작할 수 있다. 게사르 전은 중앙아시아의 다양한 민족 속으로 전파되었으며, 그 결과 이처럼 다양한 언어 본이 남아 있게 되었다.

24) 苯敎는 티베트에 고대로부터 있었던 원시 종교라고 할 수 있다. 이에 대해서는 다음과 같은 설명이 유용하다.
"'Bon'은 티베트의 지명이면서 동시에 종교적으로는 '기도한다'는 의미를 지닌다. 지금도 티베트 동부에 전래되고 있으며, 지역에 따라 차이가 있지만 우주를 하늘과 땅과 지하로 삼분하는 세계관을 보인다. 본교의 사제자는 점쟁이, 주술사, 주의(呪醫), 영매(靈媒) 등 9단계로 분류되지만, 근본적으로 샤머니즘에 속하며, 강신에 의해서만이 아니라 세습되기도 한다." 박진태, ≪동아시아 샤머니즘 연극과 탈≫, 박이정, 1999, 132쪽.

25) 티베트 각 불교 교파의 한글표기법에 대해서는 앞으로도 논의가 필요한 부분이다. 본 논문에서는 ≪1만년의 이야기 티베트≫(지토편집부, 박철현 역, 2011)의 한글

4-1-1. 닝마파(rNying-ma, 寧瑪派) - 홍교(紅敎)

닝마파의 닝마(寧瑪)는 티베트 어로는 고(古), 구(舊)의 의미이다. 이 일파는 8세기 티베트의 파드마삼바바에게서 법을 전수받았다고 스스로 말한다.

파드마삼바바는 8세기 인도에서 티베트로 온 고승으로 토착종교인 본교의 무사(巫師)를 제압하고 밀종을 티베트 전역에 전파하는 데 중요한 역할을 하였다.26)

그들의 경전은 두 종교가 있다. 하나는 8, 9세기 티베트어로 번역된 후 계속 비밀리에 전승되어 온 것이 있고, 다른 하나는 이후에 감추어진 것이 발굴된 테르마(gter-ma, 복장伏藏)가 그것이다.27) 아주 오랜 시간동안 테르마는 닝마파 승도들이 위조한 것이라고 인식되어졌다. 그러다가 후에 와서 오래된 사원에서 고대 산스크리트어로 쓰여진 경전이 발견되었는데, 그 중에 닝마파의 몇 부 경전 원문이 들어 있었기에 이로 말미암아 닝마파의 가치가 높이 올라갔고 비로소 오래된 교파로 인정받게 되었다.28)

닝마파의 돌출적 교의로, 닝마파에는 "대원만법"이 있다. 이 법은 '육체의 성질은 본래 깨끗하고, 스스로의 성질은 갑자기 성불할 수 있으며, 큰 자비를 주변에 미치게 한다'는 것이다. 다시 말해서 그들은 한 사람의

표기법을 따랐다. 또한 이 책을 인용할 때 편의상 박철현으로 표기한다. 아울러 티베트 불교 승려의 발음도 이 책의 발음을 따르고 있다. 그리고 영문표기는 Georgios T. Halkias의 *Luminous Bliss-A Religious History of Pure Land Literature in Tibet*(Honolulu : University of Hawai Press, 2013)와 Matthew T. Kapstein의 *The Tibetan Assimilation of Buddhism - Conversion, Contestation, and Memory*(New York : Oxford University press, 2000)를 참고하였다.

26) 박철현, 위의 책, 124쪽.
27) 대표적인 테르마로서 파드마삼바바의 '사자의 서'를 들 수 있다.
28) 펑잉취엔 저, 김승일 역, 《티베트 종교 개설》, 74-76쪽.

파드마삼바바(중국명 연화생蓮花生) - 사천성박물원 소장

마음과 몸은 본질적으로 순결한 것이고, 성스럽기 때문에 법대로 수련을 하게 되면 이를 통해 마음과 몸으로 하여금 어떠한 간섭도 받지 않고 아무 것도 없는 밝고 깨끗한 가운데 즉 하나의 이상적인 경계에 마음을 안치하게 되는 것이니 이것이 바로 성불하는 것이라고 하였다.[29]

한편 14세기에 이르자 닝마파는 유명한 인물을 배출했는데, 이름은 롱첸 랍잠파(Long-Chen Rab-jampa : 1308-1364, 隆欽然絳巴)이다. 그는 닝마파의 밀법 경전을 수정하고 해석을 하였던 승려로 현밀교법 모두에 능통한 인물이었다. 그의 대표 저작은 ≪칠보장론(七寶藏論)≫이다. 그는 부탄에 가서 불법을 전하고 탈파링 사원을 건립하고 후에 네팔에 갔다. 이로써 부탄, 네팔의 불교에 일정한 영향을 주었다.[30]

4-1-2. 카담파(bKa'gdam)

카담은 티베트어로 "부처의 가르침을 범인들이 받아들여야 한다"는 의미이다. 이 교파의 연원은 11세기 인도의 불교 승려인 아티샤(Atiśa : 982-1054)에서부터 시작되었다. 15세기 겔룩파가 흥기한 후, 티베트 불교의 종교 개혁가인 총카파가 카담파의 교의를 기초로 해서 티베트 불교에 대해 개혁을 진행하자 카담파 사원이 겔룩파로 개종하여 이 파는 사라지게 되었다.[31]

카담파는 현교와 밀교를 상호 모순이 아닌 상호 보완 관계로 파악했다. 그래서 현교를 먼저 수련하고 다음에 밀교를 수련해야 한다고 주장했다.[32] 이처럼 현교와 밀교에 대한 배척이 아닌 보완적인 면을 강조한

---

29) 펑잉취엔, 위의 책, 77쪽.
30) 박철현, 앞의 책, 128-129쪽.
31) 펑잉취엔, 앞의 책, 82쪽.

덕분에 이후 겔룩파가 카담파의 교리를 계승하게 된다.

카담파의 대표적인 승려로는 아티샤와 드롬톤파(Dromtonpa : 1005-1064)를 들 수 있다. 아티샤는 지금의 방글라데시 다카 부근의 왕족 출신의 승려였다. 그는 29세에 출가하여 18개 사원의 주지를 역임하였고, 티베트에 가 불법을 전파하다가 그곳에서 입적하였다.[33] 그는 ≪보리도증론(菩提道燈論 Bodhipathapradipa ; Byan chub lam gyi sgronma)≫을 기초로 해서 불교 교학을 강조했다. 즉 승려의 규율로서 승려는 필수적으로 일정한 수행을 하여 일보 일보 나아가야 하는 수행을 해야 하고, 이를 통해 범부로부터 성불의 과정을 끝까지 걸어가는 것을 강조했다.[34] 그의 사후 드롬톤파가 그의 후계인으로 지정되었다. 드롬톤파는 1056년, 현재에도 유명한 사원인 레팅 곰파(Reting Gompa, 熱振寺)를 건립했다. 후에 이 절을 기초로 하여 서서히 카담파가 형성되었다.

4-1-3. 사캬파(Sa-skya, 薩迦派) - 화교(花敎)

사캬는 티베트어로 회색 토양이라는 뜻인데, 사카파의 주된 사원인 사캬사 근처에 위치한 폰포리산의 색깔이 회색빛인데서 연유하였다. 또한 사캬 사원의 담이 홍색, 남색, 백색으로 칠해져 있는데 이것은 각각 문수보살, 관세음보살, 금강보살을 상징한다고 한다.[35] 이런 화려한 사원의 색깔로 인해 속칭 화교(花敎)라고도 불린다.

사카파는 11세기에 시작되었으며 창시자는 콘 콘촉 갤포(Khon Konchok

---

32) 박철현, 앞의 책, 130쪽.
33) 박철현, 앞의 책, 120쪽.
34) 펑잉취엔, 앞의 책, 83-84쪽.
35) 박철현, 앞의 책, 134-135쪽.

Gyalpo : 1034-1102, 貢却杰波)이며, 1073년에 그는 사캬사를 창건하였다. 이 파의 가장 중요한 부분은 종교법위를 가족으로 상전한다는 점이다.[36)]

사캬파의 중요한 승려로는 '사캬 오조' 중 제4조인 사캬 판디타(Sakya Pandita : 1182-1251)와 제5조인 파스파(Phakkpa : 1235-1280, 八思巴)가 있다. 사캬 판디타의 경우는 티베트와 원나라 중앙정권을 연계시킨 첫 번째 인물이다.[37)] 1240년 원 왕조의 고단칸파의 대장 다달나파가 티베트지역에 진군해 왔다. 그리고 1244년 고단칸은 초청장을 발송하여 사캬 판디타와 양주(涼州)에서 만나기로 하면서 티베트와 원나라는 손을 잡게 되었다.

이후 1251년 사캬 판디타가 양주에서 사망하자 그의 조카인 파스파가 그의 법위를 계승한다. 파스파는 1260년 쿠빌라이의 신임을 받아 "황제의 스승"으로 봉해졌다. 이후 1269년 몽골의 새로운 글자를 창립하라는 봉지를 받고 "대법보왕(大法寶王)"으로 추가 책봉되었다.[38)] 다시 말하자면 우리나라의 세종대왕과 마찬가지로 티베트인인 파스파는 특정시기에 의도적으로 몽골 문자를 만들어 몽골인들에게 새로운 문화적 영역을 열어 주었던 것이다.

4-1-4. 카규파(bKa'-brgyud) - 백교(白敎)

카규의 의미는 티베트어로 구전교(口傳敎)라는 의미이다. 이 파에서는 밀법을 중시했는데 대부분 구어로 전도되었다. 이 교파의 창시자 마

---

36) 박철현, 앞의 책, 135쪽.
37) 사캬 판디타의 교리에 대해서는 양승규 역의 ≪싸꺄빤디따의 명상록≫(서울 : 시륜, 2009)을 참고할 수 있다.
38) 펑잉취엔, 앞의 책, 88-91쪽.

르파(Marpa : 1012-1097, 瑪爾巴)[39]와 밀라레파(Milarepa : 1040-1123, 米拉日巴)는 모두 백색의 승복을 입었으므로 '백교(白敎)'라고도 한다.

카규파는 인도의 승려인 나가르쥬나(龍樹)의 '중관론'을 기초로 하여 독특한 '대수인법(大手印法)'을 창립했다. 이 법은 "공성(空性)"을 주장하는데 세계상의 일체 모든 것은 "공"이라는 것이다.[40]

카규파의 대표적인 승려인 밀라레파는 티베트 불교 사상 유명한 인물이다. 어린 시절 밀라레빠는 집안의 원수를 갚는다는 명목으로 본교의 주술을 배워 많은 사람을 죽이고 장원을 파괴했다. 후에 그는 이전의 죄를 속죄하고자 불법에 귀의하게 된다. 그는 노래하는 형식을 통해 카규의 불법을 전파했기에 사람들은 쉽게 이해하고 또한 전달할 수 있었다.[41]

4-1-5. 겔룩파 혹은 꺼루파(dGe-lugs, 格魯派) - 황교(黃敎)

겔룩파는 티베트 불교 교파 중 형성시기가 가장 늦은 파이다. 겔룩은 "선률(善律)"로서, 승려집단의 계급과 계율을 엄격하게 지킬 것을 주문하였다. 이 파의 승려들은 황색 옷과 모자를 썼으므로 "황교"라고도 불려졌다.

펑잉취앤에 따르면 겔룩파의 특징은 다음과 같이 다섯 가지를 들 수 있다.[42]

---

39) 마르빠는 대략 1012년 티베트 최남단 호닥(Lhotrak) 지방에서 태어났다. 그는 일생 중 세 번에 걸쳐 인도로의 구도여행을 떠났으며 인도에서 틸로빠, 나로빠 등을 스승으로 삼아 수행하였다. 티베트에서 마르빠는 스승, 농부, 사업가, 남편, 그리고 아버지로서의 삶을 착실히 살았다. 그리고 제자로서 밀라레빠를 두었다.(짱 옌 헤루까 지음, 날란다 역경위원회(영역), 양미성, 양승규 옮김,≪마르빠≫, 서울 : 탐구사, 2013, 22-45쪽)
40) 펑잉취앤, 앞의 책, 106쪽.
41) 박철현, 앞의 책, 139-140쪽.
42) 펑잉취앤, 앞의 책, 123-126쪽.

1) 독립적인 강대한 독립경제를 건립했다. 겔룩파는 토지, 목축, 농노를 획득하여 점차 독립적인 사원경제를 형성해 갔다.
2) 겔룩파의 승려는 가정을 가지지 않고 노동에 종사하지 않았으며 장기적으로 사원에 거주함으로써 엄격하게 승속의 경계를 확실하게 긋고 있었다.
3) 겔룩파는 이전 교파의 교의와 교법을 모두 겸하고 축적하여 이를 집대성해 놓았다.
4) 겔룩파는 라싸 3대 사원(Ganden Monastery-甘丹寺, Drepung Monastery-哲蚌寺 Sera Monastery-色拉寺)을 중심으로 전 티베트 사원 망을 조직했다.
5) 겔룩파의 크고 작은 사원은 보편적으로 활불 전세제도를 채용할 수 있게 되었다. 이 제도는 종교의 법통 계승문제를 해결해 주었을 뿐만 아니라, 사원 영도집단으로 하여금 안정된 위치를 보호 유지할 수 있게 하였다.

한편 서양에 종교개혁의 아버지 루터가 있다면 티베트불교에서 이루어진 종교개혁에는 겔룩파의 총카파(Tsong-kha-pa : 1357-1419)가 있다. ≪1만년의 이야기 티베트≫에는 총카파를 다음과 같이 평가하고 있다.

현대 티베트인의 관점으로는 유사 이래 총카파보다 중요한 인물은 없을 것이다. 그는 티베트 역사상 가장 유명한 종교개혁자이고 그가 창시한 겔룩파는 티베트의 가장 중요한 교파가 된다. 티베트인의 마음 속에 총카파는 석가모니 다음으로 중요한 제2의 부처이다.[43]

이처럼 높은 평가를 받는 총카파는 티베트 각 교파의 교의교법을 받아들이고 축약하여 하나로 집대성하였다. 그는 특히 각 교파의 계율이 너무 해이해져 가는 데에 일침을 가하여 엄격한 청규와 계율을 제시했으

---

43) 박철현, 앞의 책, 202쪽.

며, 승려는 반드시 이를 엄격히 준수해야 할 것을 요구했다.[44][45]

총카파의 이러한 종교개혁은 티베트 불교를 형식이나 내용면에서 지역과 민족의 한계성을 벗어나 몽골족, 한족, 만족 등과 교류할 수 있는 보편 요소를 획득하게 했으면 이후 청 왕조의 도움을 얻을 수 있는 발판이 되도록 하였다.

이처럼 티베트의 불교는 전체적으로 8세기경에 형성기를 거쳐서 마침내 자기 정체성을 확립하고 뿌리를 완전히 내린 것은 겔룩파 형성시기인 14세기로 여겨진다. 이에 대해 할키아스(Halkias)는 겔룩파 성립 이전을 오래된 파(Old School)로 겔룩파 성립 이후를 새로운 파(New School)로 분류한다.[46]

지금까지 살펴 본 티베트 불교의 가장 큰 특징으로 꼽을 수 있는 것은 아마도 '활불 전세제도'일 것이다. 이것은 소승 불교, 대승 불교 전체를 통틀어서 티베트 불교만이 가진 가장 큰 특징일 것이고, 인도와 중국을 통해 티베트에 전래된 이후 불교를 자기화한 가장 큰 '결과'일 것이다.[47]

---

44) 펑잉취엔, 앞의 책, 119-121쪽.
45) 총카파는 종교개혁을 시도하면서 이론적인 기초도 마련한다. 그는 1402년과 1405년에 레팅사원에서 ≪菩提道次第廣論≫과 ≪密宗道次第廣論≫을 저술하였는데 이 두 저작은 밀교와 현교에 대한 총카파의 사상 체계와 독창적 견해를 대표하는 것으로 겔룩파 교의의 기본적 경전이 되었다.(박철현, 앞의 책, 204쪽) 보리(菩提)는 覺悟를 의미하는 것으로 수행자의 바람을 충족시키는 방법을 가리키는 것이고 次第는 수행 과정에서의 절차를 가리키는 것이다. ≪菩提道次第廣論≫은 아티샤를 비롯한 선대의 저작들에 담겨진 사상의 방법, 내용, 구조들에 의거해 불교의 전반적인 내용에 대해 논한 대작이다. 이 저작은 겔룩파의 기본 경전이 된 후 수많은 주석서들이 나왔다.(박철현, 앞의 책, 313쪽)
46) Georgios T. Halkias, 위의 책, 104쪽.
47) 심혁주는 그의 책 ≪티베트의 활불(活佛)제도 : 신(神)을 만드는 사람들≫(서울: 서강대학교 출판부, 2010)에서 '활불 전세제도'의 실상을 알고자 직접 티베트 사원에서 체류하면서 경험한 바를 서술하며, 이 제도의 현재 모습을 전하고 있다.

총카파宗喀巴 - 사천성박물원 소장

4-2. 게사르전 속의 불교 - 파드마삼바바(Padma-Sambhava)

게사르전의 경우, 게사르전의 첫부분에 게사르는 파드마삼바바(蓮花生)의 화신이라는 설명이 나온다. 파드마삼바바는 닝마파의 개조로 알려져 있다. 그런데 그는 또한 티베트 불교의 찬란한 성과의 하나인 '사자의 서'의 저자로 알려져 있다.[48] 티베트 불교가 세계 불교에 공헌한 여러 가지 업적이 있지만 그 중 가장 두드러진 것 중의 하나는 '사자의 서'를 전했다는 점이다.

이 책은 사람이 죽어서 겪게 되는 일들은 순차적으로 서술하고 마침내 새로운 생명으로 탄생하는 것으로 끝을 맺고 있는 책이다. 이 난해하고 어찌 보면 황당한 책에 대해서 스위스의 심리학자 칼 융(C. G. Jung)은 이 책을 심리학적인 측면에서 극찬하고 있다. 이를 살펴보자면 다음과 같다.

그는 서양과 동양의 인식론에 차이가 있음을 전제한다.

> 서구의 외향적인 경향과 동양의 내향적인 경향은 공통적으로 한가지 중요한 목적을 지니고 있다. : 둘 모두 삶의 단순한 당연함을 극복하고자 피땀나는 노력을 하고 있다. ··· 청춘의 발현은 자연이 만든 최고의 강력한 무기로 빛나고 있다. 그 무기는 바로 의식이다.
>
> (The extraverted tendency of the West and the introverted tendency of the East have one important purpose in common : both make desperate efforts to conquer the mere naturalness of life. ··· symptom of the youthfulness of man, still delighting in the use of the most powerful

---

48) 이 책의 저자가 과연 파드마삼바바인가 아니면 그의 권의를 빌어 쓴 위작인가의 여부는 또 다른 연구분야일 것이다. '사자의 서' 발굴에 관련된 책으로는 Bryan J. Cuevas의 *The hidden history of the Tibetan book of the dead* (Oxford ; New York : Oxford University Press, 2003)가 있다.

weapon ever devised by nature : the conscious mind.)[49]

그는 사자의 서에 서술된 일련의 과정을 "무의식(unconscious)"의 경험으로 규정한다.

> 무의식의 구조가 어떠하든 간에, 한 가지는 확실하다. 즉 그것은 원형적인 모습의 수많은 모티프 혹은 패턴을 보여준다는 점이다. 신화, 그리고 비슷한 관념의 근원에 있어서 기본은 동일하다.
> (Whatever the structure of the unconscious may be, one thing is certain: it contains an indefinite number of motifs or patterns an archaic character, in principle identical with the root ideas of mythology and similar thoughtforms.)[50]

특히 그는 무의식은 다른 차원의 '시간'을 경험하고 있다고 말한다.

> 마음이 가진 '그 자신만의 시간'이란 이해하기 무척이나 어려운 일이다. … 무의식은 분명히 과거, 현재, 그리고 미래가 그 안에서 함께 공존하는 '그 자신만의 시간'을 가지고 있다.
> (The Mind's 'own time' is very difficult to interpret. … The unconscious certainly has its 'own time' in as much as past, present, and future are blended together in it.)[51]

다시 말하자면 분석심리학(Analytical Psychology)의 관점에서 '사자의

---

49) Editing by W.Y. Evans-Wentz ; with psychological commentary by C.G. Jung ; with a new foreword by Donald S. Lopez, Jr., *The Tibetan book of the great liberation, : or, The method of realizing nirvāṇa through knowing the mind (preceded by an epitome of Padma-Sambhava's biography)* (London ; New York : Oxford University Press, 1954). xlix(18쪽).
50) C.G. Jung, 위의 책 서문, xlv(45쪽).
51) C.G. Jung, 앞의 책 서문, lix(59쪽).

서'에 나타나는 일련의 죽음이후의 '시간'은 순차적인 것이 아닐 수도 있다는 것이다. 그러나 만약 '사자의 서'에 서술되어 있는 '시간성'을 부인한다면 이 책의 내용은 '불교 윤회'에 대한 설명이 아니라 심리학적인 어떤 개인의 '자기 고백' 내용의 책이 될 것이다.

그는 이 책을 '무의식을 낱낱이 이해한 의식의 승리를 서술해 놓은 책'이라고 정의한다.52)53)

티베트 서사시 게사르전 속의 파드마삼바바는 티베트 불교 역사 속에

---

52) 백이제, 《파드마 삼바바》(서울: 민음사, 2003), 15-16쪽에서는 다음과 같이 말한다. '사자의 서'에 대한 카를 융의 서문을 간추려 보면 이러하다. "나의 지우 에반스 웬츠가 발견한 '티베트 사자의 서'는 '이집트 사자의 서'와는 달리 원시적인 야만인이나 신들의 세계가 아닌 인간 존재를 향해 말을 걸어오는 지성적인 철학이라고 정의하고 싶다. 그러므로 이 책에는 불교 심리학의 핵심이 담겨 있다고 나는 감히 단언할 수 있다. 이 점에서 그가 발견한 '티베트 사자의 서'는 어떤 것과도 비교할 수 없는 탁월한 책이며 가장 차원 높은 심리학이라고 정의할 수 있다. 위대한 심리학적 진리로부터 시작한 이 책은 영혼 즉 마음이 모든 것의 근원임을 밝히고 있으며 이는 매우 사려 깊은 일로서 우리들에게 하나의 문제를 던져주고 있다. … 그러나 무엇보다도 중요한 것은 산 자의 입문식에 있어서 초월이란 죽음 너머의 세계가 아니며 사고의 대전환을 뜻한다. 다시 말해 그것은 마음의 초월이고 기독교 용어로는 구원을 의미한다. 이렇듯 '티베트 사자의 서'는 영혼이 태어나면서 읽어버렸던 신성을 되찾게 해주는 책이며 이 책의 백미는 심리학적 관찰에 있다."

53) 이처럼 '사자의 서'에 대한 칼 융의 견해를 중시하는 것은 난해한 이 책을 그는 일관적인 관점에서 현대 언어로 '해석'하고 있기 때문이다.
또한 종교적인 관점에서 불교를 넘어서서, 기독교적 관점에서 '사자의 서'를 보자면, 자신의 의식을 가지고 '다시 태어남'이라는 것은 바로 부활의 문제이다. 이 부활은 기독교 교리에서도 죽음이후에 대해 하나의 답을 제시하고 있는 중요 부분이다. 한편으로 '사자의 서'는 또한 보편적인 모습보다는 지역적인 모습을 보이고도 있다. 예를 들자면 '사자의 서'에 등장하는 죽음의 안내자인 신들의 모습은 그 지역에서 숭상되는 신들의 모습을 하고 있다. 이를 보자면 칼 융의 견해대로 이 현상은 많은 부분 '마음'의 문제와 연결된다고 할 수 있다. 즉 '사자의 서'에 기술되어 있는 어떤 부분은 믿어왔던 것, 혹은 이미지화했던 것들의 투사일 수도 있을 것이다.

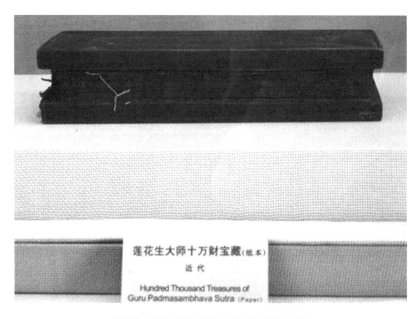

莲花生大师十万财宝藏(纸本)
近 代
Hundred Thousand Treasures of
Guru Padmasambhava Sutra (Paper)

파드마삼바바 관련 문건 – 사천성박물원 소장

실존하는 인물로 믿어지고 있다. 또한 그가 서술한 '사자의 서'는 티베트 불교 뿐만이 아니라 현대 학문분야에서도 많이 다루어지는 책이다. 특히 칼 융의 이 책에 대한 깊이 있는 해설은 '사자의 서'가 한갓 고대 티베트에 존재했던 한 승려의 영적인 경험을 서술한 것이라는 차원을 넘어서서 그것이 우리들도 경험할 수 있는 현실일 수 있다는 점에서 이 책은 그 중요성이 있다. 이는 또한 티베트가 현재 많은 학자들의 주목54)받는

---

54) 버클리 대학 동아시아학에서는 Professor Jacob Dalton이 티베트학을 연구하고 있다. 그는 *The Taming of the Demons: Violence and Liberation in Tibetan Buddhism*(New Haven : Yale University Press, 2011)를 통해 티베트 불교에 나타나는 '폭력과 해방'의 문제를 다루고 있다.

이유이기도 하다.

5. 게사르전에 관심을

게사르전은 이미 '게사르학'이라는 명칭이 있을 정도로 유럽에서는 많은 자료가 축적된 분야이다. 일개 서사시로 여겨지는 게사르전은 단지 문학작품 뿐만이 아니라 인류학적인 측면, 종교의식의 부분이나 정치적인 측면에서도 다채로운 내용을 가지고 있는 내적 함유가 풍부한 서사시이다. 이 뿐만이 아니라 게사르전은 그 내용의 다양성 등으로 인해 주위의 여러 지역에도 전파가 되었다.

여기에서는 게사르전의 주요 연구자로서 스테인과 로에리치를 대표적으로 소개하면서 게사르전 연구의 심도를 살펴보았다. 이와 아울러 게사르전의 판본 연구를 통해 게사르전이 구어본에서 점차 목판본으로 정착되는 모습을 살펴보았다. 그러나 게사르전은 현재도 상연되고 있는 살아있는 작품이다. 그러므로 내용에 있어서는 공통요소를 잡아 낼 수는 있어도 그 어느 판본이 정품인지의 여부는 알 수 없는 상황이다.

또한 게사르전의 연구에 있어서 티베트 불교는 중요한 영향을 미쳤다. 불교적 측면에서 티베트는 독자적인 자신들만의 역사를 지니고 있다. 그들은 중국에서 불교를 받아 들였지만 또 다른 불교전승 루트로서 인도에서 직접 영향을 받기도 했다. 그들은 '활불 전세제도'라는 독특한 자신들만의 체화된 불교이론을 만들어 냈다. 이 뿐만이 아니라 본문에서 언급한 파드마삼바바, 아티샤, 드롬톤파, 파스파, 그리고 총카파와 같은 독창적인 불교 사상가를 배출하였다. 이들 중 총카파의 경우는 서양의 종교개혁에 맞먹을 정도의 사상적, 제도적 개혁을 시도하였다. 그들의 유장한 불교개혁의 역사는 아직 다 밝혀진 상태가 아니며 더 많은 결과들이 나올 것으로 기대된다.

여기에서는 게사르전의 토대연구로서 티베트불교의 다양한 모습과 역사를 살펴보았으며, 또한 게사르왕의 화신인 파드마삼바바에 초점을 맞추어서 티베트 불교의 한 모습을 살펴보았다. 특히 그의 저서인 '사자의 서'의 가치를 좀 더 주목해서 고찰하였다. '사자의 서'는 인문학적인 관점에서 여러 가지 해석을 낳을 수 있는 티베트 불교유산의 한 정화로 여겨진다. 또한 이 책은 한정된 지역을 넘어서 '인간 자체의 경험'으로서 주목 받고 있으며 이에 여러 학자들도 '사자의 서'의 심리학적인 측면에 주목하고 있다.

III. 게사르전 번역의 역사

1. 번역

 게사르전은 구미에 이미 여러 차례에 걸쳐서 번역이 되었다. 그러므로 여기에서는 구미에 번역된 게사르전, 특히 영어로 번역된 게사르전 연구를 통해 게사르전 연구의 영역을 넓히고자 한다. 특히 이를 통해 게사르전의 티베트어본과 몽골어본과의 비교, 그리고 이를 넘어서서 이들을 포괄하는 실크로드학을 점검하고자 한다.

 우리는 게사르전을 접하면서 이 작품이 과연 한학이냐 티베트학이냐 몽골학이냐의 문제에 부딪히게 된다. 이에 대해서 왕즈궈(王治國)는 중국학(Chinese Studies)의 범주에 넣어야 한다고 말한다.[1] 그는 쉬광화(許光華)의 책을 인용하면서 게사르학도 티베트학의 범주에 들어가며 또한 한학(漢學)의 범주에 있음을 말한다.[2] 이에 따르면 현재 중국 영토내의

---

1) 王治國, 〈海外漢學詩域下的≪格薩爾≫史詩飜譯〉, ≪山東外語敎學≫, 2012年 第3期(總第148期), 25쪽에 따르면 중국소수민족 삼대 서사시로서는 티베트족의 게사르, 몽골족의 쟝가르≪江格爾≫, 그리고 칼무크족의 마나스≪瑪納斯≫가 있다.
2) 王治國, 위의 논문, 27쪽에 따르면 아래와 같다.
  세계문화사와 한학사에 있어, 외국인이 중국을 연구하는 학문을 통칭하여 한학이라고 한다. 또한 중국학에 조예가 깊은 학자를 "한학자"라고 부른다. 그래서 우리는 새로운 무엇을 만들 필요 없이 서방의 한학자의 습관과 방법에 근거해서 만든 sinology라는 명칭이 그대로 이어져 현재까지 이르렀다. 이것은 역사적으로 장구한 학술 개념이며 넓은 함의를 가지고 있다. 이것은 절대 "한족 문화학"이 아니며 더욱이 한나라 시기의 독자적인 "한학"이 아니다. 이것은 중국의 일체 학문을 포괄한다. 이것은 유교·도교·불교를 포함한 핵심적인 전통문화의 의미를 가지며, 또한 "돈황학", "만주학", "서하학", "돌궐학", 그리고 "티베트학", "몽골학" 등의 영역을 포함한다. 在世界文化史和漢學史上, 外國人把硏究中國的學問稱爲漢學, 硏究中國學問 的造詣深厚的學者稱爲 "漢學者". 因此, 我們不必標新立異, 根據西方大部分 漢學家的習慣簡法, sinology發展到如今, 這一歷史已久的學術槪念有着最廣 闊的內涵, 絶不是什麼"漢族文化之學", 更不是什麼漢代獨有的"漢學", 它涵蓋

대부분의 지역학은 한학의 범주에 들어갈 것이다.

　게사르전의 첫 번역은 러시아어 번역이다. 그리고 이후에 프랑스의 다비드 넬의 프랑스어와 영어 번역이 있다. 이 여성 연구자 다비드 넬은 매우 독특한 존재이다. 그녀는 게사르 서사시의 중요성을 알아채고 공연에 대한 채록을 하고 또한 영문번역본을 출판한다.

　이후 2차 세계대전 이후에는 중국학의 연구의 판도에 변화가 생긴다. 이제 중국학은 미국에서의 연구가 주류를 이루게 된다.[3]

　게사르전의 심도 있는 연구를 위해서는 이와 같이 외연을 확대한 필요가 있다. 이것은 각각 다른 민족어의 비교연구를 포함하거나 더 나아가서 번역된 영문본의 비교를 통해서 완성될 것이다. 여기에서는 먼저 게사르전 번역의 역사적인 과정을 살펴보고자 한다. 게사르전의 번역의 역사를 살펴보고 이어서 유럽에서의 번역과 영어 번역의 과정을 볼 것이다. 또한 서구의 대표적인 번역자 중의 하나인 다비드 넬을 통해 기록

中國的一切學問, 旣有以儒釋道爲核心的傳統文化, 也包含"敦煌學", "滿學", "西夏學", "突厥學", 以及 "藏學", "蒙古學"等領域.(許光華, ≪法國漢學史≫, 北京 : 學苑出版社, 2009, 4쪽, 王治國, 앞의 논문, 27쪽에서 재인용.)

3) 許光華은 미국 한학연구의 방법에 대해서 언급하면서 미국의 한학연구가 종합적인 성격을 띄고 있다고 다음과 같이 말한다.(許光華, ≪法國漢學史≫, 北京 : 學苑出版社, 2009, 14쪽, 王治國, 앞의 논문, 28쪽에서 재인용.)
전통한학인 Sinology와 현대한학인 Chinese Studies의 차이는 전자는 문헌연구와 고전연구를 중심으로 하며 그것들은 철학 종교 역사 문학 언어 등을 포괄한다는 점이며, 미국이 중심이 된 현대적 한학인 중국학은 현실을 중심으로 하고 실용을 원칙으로 한다는 데에 있다.
傳統漢學 Sinology和現代漢學 Chinese Studies的差異在于前者是以文獻硏究和古典硏究爲中心, 他們包括哲學 宗敎 歷史 文學 語言等 ; 而以美國爲中心的現代漢學中國學則以現實爲中心, 以實用爲原則.
여기에서 Sinology와 Chinese Studies에 대한 구분이 나온다. 그에 따르면 Sinology도 Chinese Studies의 범주에 들어가는 것으로 여겨진다.

과정의 일단을 알아 볼 것이다. 이어서 티베트어의 영문 번역본인 더글라스 페닉(Douglas J. Penick)의 *전사 게사르왕의 노래*(*The warrior song of King Gesar,* Boston : Wisdom Publication, 1996)와 몽골어의 영문 번역본인 이다 제트린(Ida Zeitlin)의 *티베트에 전승되는 게사르칸*(*Gessar Khan: A Legend of Tibet,* New Delhi : Pilgrims Book House, 2004)을 통해 게사르전 영역본의 연구를 시도하고자 한다.[4]

2. 게사르전 번역의 역사적 과정

2-1. 게사르전 번역의 역사

게사르학은 현재 중국에서도 연구가 활발히 진행되고 있다. 2000년대에 들어서서 게사르학은 돌연 활기를 띄게 된다. 눈에 띄는 몇몇 중요한 연구자들이 이 분야에 집중하고 있는데 이들은 게사르학의 현실적 의의, 실록문학으로서의 게사르전, 그리고 설창예인들에 대한 연구를 하고 있다.[5]

---

4) 이후로 Douglas J. Penick의 책에 대해서는 더글라스본으로 Ida Zeitlin의 경우는 이다본으로 지칭한다.

5) 선행연구로서 대표적인 것은 다음과 같다.

   a) 扎西東珠의〈≪格薩爾≫研究現實意義及其文學飜譯研究問題芻議〉(蘭州學刊, 總第178期, 2008年 7月)의 경우, 그는 게사르전의 현실적 의의에 대해서 다음과 같이 다섯가지를 말한다.(扎西東珠, 위의 논문, 187쪽).
   1. 사회 응집력의 역할 2. 당대 문학창작의 주제와 소재를 제공한 점 3. 사료를 제공한 점 4. 민족정신의 체현 - 정의는 반드시 이긴다는 민족정신의 고취 5. 티베트인의 백과사전같은 성질을 지님.

   b) 王治國은 그의 논문인〈≪格薩爾≫"本事"與異文本傳承〉(西藏大學學報 第28卷 第1期, 2013年 3月)에서 王沂暖의 견해를 인용하여, '分章本'과 '分部本'

이제 게사르전의 번역의 역사를 전반적으로 살펴보자.[6]

기본적으로 게사르전은 티베트족으로부터 몽골족에게로 전파가 되었고, 민간창작에서 여러 언어의 서사시로 발전하였다. 이후 투족(土族), 나시족(納西族), 위그르족, 사라족(撒拉族), 그리고 국외로는 인도, 부탄, 네팔, 시킴, 그리고 러시아의 칼무크족과 부리아트족으로 전파가 되면서

의 개념을 정립한다. 또한 판본부분에 있어서 余希賢이 제안한 "正本", "副本", 節選本"의 세 개의 분류법을 역설하였다.

전체적으로 王治國은 전통개념을 빌어서 개념 정리를 하고자 한다. 즉 "本事"와 "異文"이라는 개념이다. 그는 "異文"의 개념은 唐代 孟棨의 ≪本事詩≫에서 나온 개념을 차용하였다. 이에 대해 근래 聊成大學 文學院의 楊春忠 교수는 "本事遷移理論"을 제안했다. 이것은 바로 실제의 역사적 사실이나 신화를 바탕으로 한 "실록문학"이라고 할 수 있다. 다시 말하자면 "본사"와 "재생산"으로 구분할 수 있다. 게사르전의 경우는 설창이 위주로 되어 있는 '分章本'과 이후에 산문체로 씌여진 '分部本'로 나눌 수 있다.(王治國, 위의 논문, 176-177쪽)

c) 최근의 曼秀 · 仁靑道吉의 경우는 35부의 조기 목각본과 수초본과 이문본 28부를 정리하였다고 한다. 한편 劉魁立의 경우는 "민간문학이란 본질적으로 완성이란 없고 과정 중에 있을 뿐이다. 이것은 끊임없이 갱신하고 변신한다."라고 말하였다.(王治國, 〈≪格薩爾≫"本事"與異文本傳承〉, 174-175쪽)

d) 金石과 彭敏은 〈深度的擠壓與廣度的繁榮-論≪格薩爾≫的傳播形態〉라는 논문(金石 · 彭敏, 〈深度的擠壓與廣度的繁榮-論≪格薩爾≫的傳播形態〉, ≪西藏大學學報≫, 第28卷 第3期, 2013年 9月, 131-132쪽)에서 게사르전의 전승에 대해서 말한다. 게사르전의 경우는 가장 먼저 문헌으로 전파되었으며 다음으로 연속극을 통한 전파, 연극을 통한 전파 그리고 설창예인의 전파 등으로 이어지는 전승계보가 있다고 말한다. 특히 설창예인의 전파에 있어서는 이 예인들을 다음과 같이 여섯 개로 분류한다.

1. 神授예인 - 신내림 예인 2. 聞知예인 - 배워서 익힌 예인 3. 吟誦예인 - 외워서 익힌 예인 4. 掘藏예인 -종교적 형식으로 사시를 이용하는 예인 5. 圓光예인 - 거울을 보면서 음송하는 예인 6. 頓悟예인 - 부분만 공연하는 예인

위의 a)에서 d)까지의 논문을 보더라도 현재에도 게사르전은 민족서사시로서 그 연구의 열기가 식지 않고 있음을 알 수 있다.

6) 王宏印 · 王治國, 〈集體記憶的千年傳唱 : 藏蒙史詩 ≪格薩爾≫的飜譯與傳播研究〉, ≪中國飜譯≫, 2011年 第2期, 16-17쪽.

일종의 게사르학이 형성된다.

　게사르전의 번역의 과정을 살펴보자면 다음과 같다.

　　1) 현재 가장 공신력을 인정 받는 판본은 1716년 '북경목각본'이다. 이것은 몽골
　　　어본으로 7장으로 이루어져 있다.[7]

　　2) 1953년에 작가출판사(作家出版社)에서 "북경목각본"의 중국어역본
　　　≪게사르이야기(格斯爾的故事)≫가 출판된다.

　　3) 1959년 인민문학출판사(人民文學出版社)에서 파제(琶杰)가 설창하고
　　　안커친푸(安柯欽夫)가 번역한 ≪영웅 게사르전(英雄格斯爾可汗傳)≫이
　　　출판된다.

　　4) 1960년 인민문학출판사(人民文學出版社)에서 상제자부(桑杰札布)가 번
　　　역한 ≪게사르전(格斯爾傳)≫이 출판된다.

　　5) 1981년에는 왕이난(王沂暖 1907-1998)이 화쟈(華甲 1901-1986, 티베트
　　　설창예인)와 함께 귀덕분장본(貴德分章本) ≪게사르전(格薩爾王傳)≫
　　　(난주(蘭州) : 감숙인민출판사(甘肅人民出版社))을 번역하여 출판하였
　　　다.[8]

　　6) 1987년, 쟝볜쟈춰(降邊嘉措)와 우웨이(吳偉)가 합작한 3권짜리 ≪게사
　　　르전格薩爾王全傳)≫(심양(沈陽) : 요녕교육출판사(遼寧敎育出版社))이

---

7) 王治國, 〈海外漢學詩域下的≪格薩爾≫史詩翻譯〉, ≪山東外語敎學≫, 2012
　年 第3期(總第148期), 25쪽. 이 논문에 따르면 1954년 6장본의 몽골어 ≪게사르≫
　가 北京 隆福寺 大街 大雅堂 舊書店에서 발견되었으며, 이것이 바로 北京 隆福
　寺 竹板本이다. 이제 1716년의 '북경목각본'과 '隆福寺 竹板本'이 합쳐져서 온전한
　'13章 몽골어본'이 되었다고 한다. 이 부분은 매우 중요하기도 하지만 좀 더 엄밀한
　고증이 필요한 부분으로 여겨진다.
8) 王治國, 위의 논문, 25쪽.

출판되었다.

7) 특이한 사항으로 티베트인 작가인 아라이(阿來)는 스스로 ≪게사르왕
(格薩爾王)≫을 창작하여 중경출판사(重慶出版社)에서 2009년 9월 출
판한다.

2-2. 유럽어로의 번역과 영어 번역본

이제 동양어권이외 다른 외국어로 번역된 경우를 살펴보자.9)

1) 1776년 러시아여행가인 팔래스(P. S. Pallas)가 *러시아 근처의 기이한
지방여행(Reisen durch verchiedene Provinzen des russischen Reiches)*
(St. Petersburg : Kaiserliche Akademic der Wissenschaften)에서 게사르
전을 소개하였다.

2) 1839년 러시아 학자 슈미츠(I. J. Schmidt)는 1716년 "북경목각본"의 몽
골어를 독일어로 번역해서 *공훈이 탁월한 성자 게사르왕(Die Thanten
Bogda Gesser Chan's)*(St. Petersburg : Kaiserliche Akademic der Wi-
ssenschaften)라는 이름으로 러시아의 성페테스부르그와 독일의 라이
프치히에서 동시에 출판하였다.

3) 1893년 러시아인 포타닌(G. N. Potanin)은 암도지방에서 티베트어본
사본을 얻어서 *중국 변경지역의 탕구트 - 티베트와 중부의 몽골족
(Tangustsko-Tibetskaya Okraina Kitaya I centralnaya Mongoliya)*(St.
Petersburg : Kaiserliche Akademic der Wissenschaften)에서 게사르전
을 단편적으로 언급하였다.

4) 1905년 독일의 전도사 프랑케(A. H. Francke)는 *게사르왕의 남부 라다
키 버전(A Lower Ladakhi Version of the Kesar Saga)*(Calcutta : Asian

---

9) 王宏印 · 王治國, 앞의 논문, 18쪽을 기본자료로 해서 더 조사하였다.

Educational Services)을 출판했는데 이 책은 티베트어 원문에 영문 개요를 넣은 책이다.

5) 최초의 영문역본으로는 1927년 도란(Doran) 출판사에서 나온 이다 제트린 (Ida Zeitlin)의 티베트에 전승되는 게사르칸(Gessar Khan a Legend of Tibet)이 있다. 이 책은 1839년 슈미츠(I. J. Schmidt)의 독일어본을 바탕으로 벤자민 베르그만(Benjamin Bergmann)이 칼무크인 중에서 발견하고 번역한 게사르자료를 참고하여 번역한 책이다.

6) 다비드 넬과 라마 용덴은 캄지역에서 직접 공연을 듣고 이를 기록하였다. 여기에 슈미츠(I. J. Schmidt)의 독일어본과 프랑케(A. H. Francke) 본을 참고하여 출판하게 된다. 이 책은 1931년 파리에서 출판되었으며 1933년 영문으로 번역되어 링지역 게사르의 특별한 생애(The Superhuman Life of Gesar of Ling)(London : Shambhala)라는 제목으로 런던에서 출판된다.

7) 왕즈궈(王治國)는 그의 논문에서[10] 와라스 자라(Walace Zara)의 *게사르의 놀라운 모험들(Gesar, The Wondrous Adventures of King Gesar)* (Berkeley : Dharma Publishing, 1991)를 영문본이라고 말하는 데 이것은 왕즈궈의 인식 오류이다. 이 책은 영문본이 아니고 스페인어본이다.

8) 1996년 위스덤 출판(Wisdom Publication)에서는 더글라스 페닉(Douglas Penick)의 전사 게사르왕의 노래(The warrior song of King Gesar)를 출판한다.

9) 로빈 콘만(Robin Kornman)은 라마 초남(Chonam), 상게 칸드로(Sangye Khandro) 등과 더불어 *링지역의 게사르왕 : 게사르의 특별한 출생, 초년, 그리고 왕으로의 등극(The Epic of Gesar of Ling: Gesar's Magical Birth, Early Years, and Coronation as King)*(Boston & London : Shambhala, 2013)을 출판한다.

---

10) 王宏印 · 王治國, 앞의 논문, 18쪽.

결국 영문역에 있어서 다비드 넬과 더글라스의 경우는 티베트어본이 원본이고, 이다의 것은 몽골어본이 원본이다.

2-3. 게사르전 기록의 과정 - 다비드 넬[11]

게사르전 연구에서 1950년대 이전에는 프랑스에서 이 티베트 서사시에 큰 관심을 두고 있었다. 스테인(R. A. Stein)은 연구자의 입장에서 접근하였고 다비드넬은 채록의 입장에서 게사르전을 전하고 있다.

다비드 넬은 게사르학에 있어서 독특한 위치를 차지하고 있다. 그녀는 제자인 용덴과 함께 20세기 초, 티베트에 들어가서 티베트의 독특한 문화양상을 경험하였다.[12] 그리고 게사르전의 공연을 보고서 이 작품의 가치를 알아보고 기록하였다. 이것이 바로 *링지역 게사르의 특별한 생애(The*

---

11) Barbara Foster and Michael Foster의 *The Secret lives of Alexandra David-Neel* (Woodstock, N.Y. : Overlook Press, 1998)을 텍스트로 사용하였으며 이것을 번역한 ≪백일 년 동안의 여행≫(바버라 포스터. 마이클 포스터 지음, 엄우흠 옮김, 서울 : 향연, 2004)을 참고하였다.

12) 다비드 넬의 티베트여행기로서 현재 번역된 것으로는 다음과 같은 두 권을 들 수 있다.
하나는 ≪영혼의 도시 라싸로 가는 길≫(알렉산드라 다비드 넬 지음, 김은주 옮김, 서울 : 르네상스, 2008)이고 다른 하나는 ≪티베트 마법의 서≫(알렉산드라 다비드 넬 지음, 김은주 옮김, 서울 : 르네상스, 2004)이다. 서양 여자로서 티베트를 여행하는 것은 쉬운 일이 아니었을 것이다. 그녀가 이런 어려움을 돌파할 수 있는 원동력으로서 ≪티베트 마법의 서≫의 5쪽에 있는 다음과 같은 말을 통해 그 일단을 음미해 볼 수 있다.
"무의식이라는 거대한 창고에 무엇이 담겨 있는지 아는 사람은 드물어 … 사람은 자신이 만든 호랑이 뿐만 아니라 타인이 만들어 놓은 호랑이한테서도 자신을 지켜낼 방법을 알아야 해."
그러나 티베트 지역은 다비드 넬이 그려낸 것보다 더 혹독한 자연환경이었을 것으로 여겨진다.

Superhuman Life of Gesar of Ling) (Boston & London : Shambhala, 1987)
이다.

> "음유시인은 캄 지방의 방언으로 노래하면서 다채롭고 화려한 서사시
> 에 등장하는 수많은 역할들을 소화해 냈다. 심지어 그는 트럼펫을 비롯한
> 여러 악기들을 목소리로 흉내 내면서 자신의 노래에 반주까지 담당해 내
> 고 있었다. … 음유시인 앞에는 백지가 놓여 있었다. 시인은 백지를 바라
> 보면서 자신이 앞으로 노래하려고 하는 부분을 떠올릴 수 있었다. 이 서사
> 시를 노래하는 음유시인들은 그 방대한 분량을 잠재된 기억 속에 저장해
> 놓았다가 필요할 때 원하는 구절을 꺼내어 쓸 수 있는 능력을 지니고 있었
> 다."13)

> "알렉산드라는 음유시인에게 개인적인 자리에서 따로 공연을 해달라고
> 부탁했다. 음유시인은 게사르 왕의 명예를 손상시키지 않겠다는 확실한
> 약속을 받아낸 뒤에야 그녀의 부탁을 받아들였다. 그리고 6주가 지난 뒤에
> 그들은 이 서사시에 대한 현존하는 가장 완전한 필사본을 만들어냈다."14)

위를 보자면 음유시인 즉 설창자는 우리나라의 판소리 공연자 혹은
무당의 신명풀이처럼 공연하고 있음을 알 수 있다. 그런데 특이한 것은

---

13) Barbara Foster and Michael Foster, 위의 책(*The Secret lives of Alexandra
David-Neel*), 315쪽.
Singing in the Kham dialect, the bard played out the numerous roles of the colorful
epic and even provided his own accompaniment by imitation trumpets and other
instruments … The blank paper was put in front of the performer because on it
he invisioned what he was about to sing. The minstrels of the poem have committed
it to their sunbconscious memories and are able to call up passages when they wish.
14) Barbara Foster and Michael Foster, 앞의 책, 316쪽.
Alexandra invited the minstrel to perform the epic in private, to which he agreed
after she assured him that King Gesar would not be denigrated. As the man chnated,
she and Younden both scribbled, and in six weeks they had produced the most
complete written copy in existence.

백지를 바라본다는 점이다. 또한 설창자들은 일반적으로 샤먼의 형상과 복장을 공유하고 있다고 한다.[15] 이에 알렉산드라는 이 작품의 서사학으로서의 가치를 즉각 알아채고서 채록한다. 이 다비드 넬의 채록본에 대해서 바버라와 마이클 포스터는 다음과 같이 평가한다.

> "지역마다 이 서사시에 대한 너무나 많은 변형판들이 존재했기 때문에 알렉산드라가 결정판을 내놓기는 무리였다. 그러나 역사상의 인물 게사르 왕은 캄파였기 때문에 캄 지방의 구전이 가장 포괄적인 것을 담고 있었다. 무사들의 편력과 영웅적 행위를 담은 이 이야기는 명목상으로는 불교적이지만 실제로는 불교 이전의 마법과 신비의 기운으로 가득 차 있다. 게사르는 신의 화신으로서 날개 달린 금빛 말을 타고 네 방향에서 밀려드는 악마들과 맞서 싸운다. 그는 위대한 영웅이며 불을 집어삼키는 호랑이 신이다. … 그는 재빠른 변신을 좋아하는데 신분을 가리지 않기 때문에 비천한 대장장이 견습생으로 나타나기도 하고 하얀 옷을 입고 염소를 탄 남텅 카르포 신으로 나타나기도 한다. 또는 그에게 더 잘 어울리는 모습으로 나타나기도 한다. 그는 매혹적이고 잘생긴 왕으로 변신하여 정열적인 검은 두 눈과 혼을 빼앗는 미소를 이용하여 가장 나쁜 적의 아내를 유혹한다. … 무질서하게 줄기를 뻗어가는 이 종잡을 수 없는 이야기 주변에는

---

15) 설창자가 샤먼이라는 입장에서 논지를 전개한 Rolf Alfred Stein의 *Recherches sur l'épopée et le barde au Tibet*에 대해서는 앞에서도 설명한 바 있다.
한편, 샤먼과 접신 등의 현상을 정신분석적 입장에서 바라본 학자로는 이부영을 들 수 있다. 그는 C. G. Jung의 이론을 바탕으로 샤먼 즉 무당들의 인간 능력을 넘어선 신들린 진술에 대해서 다음과 같이 말한다.(이부영, ≪한국의 샤머니즘과 분석심리학 - 고통과 치유의 상징을 찾아서≫, 39쪽)
'의도된 의식적 조작이 적으면 적을수록 인간의 무의식은 그 내용을 밖으로 드러낸다. 민담이 집단적 무의식의 구성요소인 원형상들을 순수한 형태로 나타내는 까닭이 여기에 있다. 민간신앙 역시 비교적 의식의 영향을 덜 받은 상태에서 무의식의 여러 가지 표상을 보여준다. 샤머니즘을 분석심리학적으로 탐구한다고 할 때 그 목표는 밖에서 구체화되어 나타나는 샤머니즘이라는 현상 속에서 인간무의식의 심층에서 우러나오는 원형의 현상과 작용을 발견하는 데 있다.'

라블레 풍의 분위기가 흐르고 있다. … 게사르도 붓다처럼 무지를 타파하
기 위하여 나타난다. 그러나 게사르는 폭력을 사용하는 데 전혀 결벽증을
가지고 있지 않다."16)

위의 언급은 게사르전에 대한 상당히 객관적인 시선을 보여주고 있
다. 우선 게사르전은 많은 변형판이 존재하고 있다. 또한 명목상으로는
게사르전의 내용은 불교적이지만 실제로는 티베트의 토착 종교인 본교
의 영향이 많이 나타나고 있다. 그래서 불교의 인물인 '파드마 삼바바'의
현신으로 이해되는 게사르는 싸움에 있어서 물러서지 않는다. 불교적인
'비폭력'과 '자비'의 화신이 아니라 그는 가차없는 폭력과 응징을 구사하
고 있다. 또한 게사르는 '고난 속에서의 승리'를 구현한 인물이다. 게사
르는 비록 영웅이지만 평탄한 삶을 산 것이 아니라 온갖 지역의 괴물이
나 적과 싸워야 했고 아내를 뺏겨야 했다. 그는 영웅이자 동시에 인간적
한계를 '극복한 인간'이다.

---

16) Barbara Foster and Michael Foster, 앞의 책, 317쪽.
   There were too many locla versions of the epic for Alexandra to produce a definitive
   text. But since the historical King Gesar had been a Khampa, their version was the
   most comprehensive. The tale of heroism, of knight errantry, is nominally Buddhist
   but pervaded by an earlier spirit of magic and wonders. Gesar, an incarnate god,
   rides a golden, winged stallion into battle against the demons of the four directions.
   He I the grear hero, the tiger-god of consuming fire, … He is fond of quick changes
   and appears indifferently as a humble blacksimth's apprentice or the god Namthig
   Karpo, clad in white and riding a goat, or in the more suitable guise of the handsome,
   irresistible king who uses his soulful black eyes and enchanting smile to seduce his
   worst enemy's wife, … There is a touch of Rabelais about this rambling tale, … Gesar,
   like Buddha, comes to banish ignorance, but he is not squeamish about using force.

3. 티베트어본과 1716년 몽골어본

3-1. 티베트어본과 몽골어본의 내용 비교

여기에서는 게사르전의 티베트어의 영어 번역본과 몽골어의 영어 번역본을 살펴보고자 한다. 게사르전의 티베트어 영역본으로는 *전사 게사르 왕의 노래(The warrior song of King Gesar)*(Douglas J. Penick, Boston : Wisdom Publication, 1996)[17]가 있는데[18] 내용은 7장으로 구성되어 있

---

17) 티베트어본으로는 다비드 넬의 번역본도 있다. 그러나 더글라스본과 넬의 본은 내용은 기본적으로 동일하다. 단지 길이와 장절의 길이가 차이날 뿐이다. 그러므로 여기에서는 더글라스본을 기본으로 내용을 전개한다.

18) 게사르 왕 관련해서 한국어 번역본으로 ≪몽골 대서사시 게세르 칸≫(유원수 역, 서울: 사계절출판사, 2007년, 이후 유본이라고 지칭함)이 있다. ≪몽골 대서사시 게세르 칸≫은 〈1716년 베이징 판본〉인 몽골어를 번역한 작품이다. 최근에 출판되었기에 아직 이 번역본의 평가에 대해서는 시간이 필요할 것으로 여겨진다. 유본을 이다 제트린(Ida Zeitlin)의 번역본과 비교해 보자면 다음과 같다.
   a) 우선 책 구성 상에 차이가 있다. 이다본이 9장으로 이루어진 것에 비해서 유본은 7권으로 이루어져 있다.
   책 구성을 살펴보자면 다음과 같다.
   제1권 시방 세계의 열 가지 해악의 뿌리를 끊어버리신 자비롭고 거룩하며 어진 게사르 카간 이름이 울려 퍼지다.
   제2권 북쪽 지방의 산더미만 한 검은 얼굴 호랑이
   제3권 중국의 구메 카간의 정치를 바로잡다.
   제4권 망고스의 모든 겨레의 뿌리를 끊고 투멘 지르갈랑 카론과 함께 행복하게 살다.
   제5권 시라이골의 세 칸
   제6권 라마로 변신한 망고스를 죽이다.
   제7권 게사르 카간이 모든 적을 평정하고 모든 중생을 행복하게 하다.
   형식상으로 보자면 이다본의 4장과 5장이 유본의 제4권에 해당하며 이다본의 6장과 7장이 유본의 제5권에 해당한다.
   아주 눈에 띄는 특징으로는 이다본에 등장하는 12머리의 거인이 유본에서는 정확히 망고스라는 이름으로 나온다는 점이다.

다. 이 내용은 앞 장에서도 나왔지만 몽골어본과의 비교를 위해서 다시 한번 서술한다.

한편 몽골어본으로는 이다 제트린(Ida Zeitlin)의 *티베트에 전승되는 게사르칸(Gessar Khan: A Legend of Tibet)*(New Delhi : Pilgrims Book House, 1927 초판, 2004 재출판)을 자료로 삼았다. 몽골어본 *티베트에 전승되는 게사르칸(Gessar Khan: A Legend of Tibet)*은 9장으로 구성되어 있다.

이제 각각 장별로 나누어서 그 내용을 살펴보자.[19]

---

b) 인명의 발음에도 약간의 차이가 있다. 그 차이는 아래와 같다.

이다본	유본
코르뮤즈다(Kormuzda)	코르모스타 하늘
아민(Ameen)	아민
우일레(Weele)	우일레
타구스(Tagus)	테구스
아무르트쉴라(Amurtsheela)	아모르질라
상룬(Sanglun)	셴룬
초통(Chotong)	초통
시키르(Shikeer)	자사 시키르
롱사(Rongsa)	롱사
로그모(Lady Rogmo)	로그모
아랄고(Aralgo)	구네 고와

이 중에서 특히 유본에서는 제4권에서 중국인 키메 칸의 딸인 구네 고와와 투멘 지르갈랑을 다른 인물로 묘사하고 있는데 비해, 이다 본에서는 키메 칸의 딸로서 '아랄고'라는 동일 인물로 상정하고 있다. 그런데 유본 207쪽에 따르면 "중국의 구메 카간의 정치를 바로잡고 중국에서 삼 년을 살고 왔소. 내가 로그모 고와 당신 곁에 와서 병이 든지 오래 되었소. 이제 투멘 지르갈랑에게 가보겠소."

위를 살펴보면 게사르는 다시 중국으로 갈 생각을 하고 있으며 그 대상은 투멘 지르갈랑인데 이 여자는 구네 고와와 동일 인물로 여겨진다.

19) 각각 티베트어는 티로 몽골어는 몽으로 표기한다.

〈제1장〉

(티)

제1장은 게사르(Gesar)의 탄생에 관한 이야기이다.

그의 어머니는 드제덴(Dzeden)이며 게사르는 빛을 받고서 처녀 수태를 통해 세상에 얼굴을 보인다. 특히 게사르는 어머니인 드제덴의 머리에서 알의 형태로 태어난다. 이때 링(Ling)지역은 게사르의 삼촌인 토통(Todong)이 권력을 잡고 있었다. 그는 아이인 게사르의 범상치 않은 자태를 보고 그가 커서 자신의 권력을 위협할까 두려워 게사르를 땅에 묻고 바위로 덮어버린다. 이에 어머니 드제덴이 땅을 파서 그를 살려낸다.

(몽)

제1장은 게사르 탄생의 장이다.

폐허가 된 세상에서 하늘의 신인 코르뮤즈다(Kormuzda)는 인간 세상을 걱정한다. 그에게는 세 명이 아들이 있는데 첫째는 아민(Ameen)이며 둘째는 우일레(Weele)이고 셋째는 타구스(Tagus)이다. 타구스는 지상에서 게사르 칸(Gessar Khan)으로 태어나려 한다. 그는 하늘의 아들이자 시방세계의 주인이며 모든 악마를 물리치는 붓다의 사자로 행동하려 한다. 이때 지상의 티베트지역에는 두 개의 큰 부족이 있는데 투싸(Tussa)부족을 다스리는 선한 왕 상룬(Sanglun)과 그의 동생이며 릭(Lik)부족을 다스리는 악한 왕인 초통(Chotong) 이 있다. 이웃 부족과의 싸움에서 초통은 포로로 사로 잡은 여자인 아무르트쉴라(Amurtsheela)를 그의 형인 상룬에게 넘긴다. 이 상룬과 아무르트쉴라 사이에서 게사르가 태어난다. 이때 상룬에게는 이미 두 명의 아들이 있었다. 첫째 아들은 시키르

(Shikeer)이며 둘째 아들은 롱사(Rongsa)이고 셋째 아들인 바로 게사르인데 어릴 때의 이름은 요로(Yoro)이다.

그는 역시 범상치 않은 조짐을 가지고 태어났으며 또한 마술적인 힘을 가진다.

⟨제2장⟩

(티) 제2장은 게사르가 성장하는 과정에 대한 이야기이다.

게사르는 부처의 화신인 파드마 삼바바(Padma Sambhava)를 만나게 되고 파드마 삼바바는 게사르와 하나 되어 불법을 펼치려고 하였다. 게사르는 마술적인 힘을 가진 말 캉고 카르카르(Kyang Go Karkar)를 얻고, 또한 세찬 두그모(Sechan Dugmo)를 아내로 맞는다. 그리고 링(Ling) 지역을 손에 넣고는 다른 지역의 정복에 나선다. 그는 강의 신인 티르씨카스(Tirthikas)와 싸워 이기게 된다.

(몽) 제2장은 요로가 게사르 칸으로 성장하는 내용이다.

이 때에 센겔스루(Sengeslu)의 딸인 로그모(Lady Rogmo)는 미모가 탁월해서 인근지역에 소문에 나 있었다. 그녀는 이런 미모와 아울러서 적극적인 여성이었다. 그녀는 배필을 찾아서 여행을 시작하였다. 그러나 이 소문을 들은 초통은 자신이 로그모와 결혼하려고 하였다. 그러나 게사르와의 경쟁에서 패배해 로그모는 마침내 게사르와 배필을 이루게 된다.

〈제3장〉

(티) 제3장은 본격적인 정복 전쟁이 묘사된다.

게사르는 네 방향의 마물들을 정복하려고 마음을 먹는다. 동서남북의 적들을 보자면 우선 북쪽에는 루트젠(Lutzen)이 있으며 동쪽에는 쿠르카르(Kurkar)라는 마물이 호르(Hor)지방을 통치하고 있었다. 그리고 서쪽에는 장 지역의 사탐(Satham of Jang)이 있고 마지막으로 남쪽에는 싱티(Singti)라는 마물이 있었다. 게사르는 먼저 머리 12개를 가진 루트젠을 정복하러 떠난다. 이 마물은 아름다운 중국여자를 부인으로 두고 있었다. 이때 중국여자는 게사르를 만나고서 마음을 바꾸어 게사르를 도와주게 되고 마침내 루트젠을 함께 죽이게 된다. 게사르는 그곳에서 중국여자를 둘째 부인으로 삼아 지내게 된다. 이때 머리 없는 독수리가 나타나서 링(Ling)지역이 호르(Hor)의 마물인 쿠르카르에게 점령되었고 첫째 부인인 세찬 두그모(Sechan Dugmo)는 호르로 납치되었다고 말한다. 이에 게사르는 눈물을 뿌리면 애마를 타고 링(Ling)으로 돌아간다.

방위를 넣어서 사방의 적들을 묘사하면 아래와 같다.

북 : 루트젠

동 : 쿠르카르 (호르 지역)   서 : 사탐(장 지역)

남 : 싱티

(몽) 제3장 이 장은 게사르의 중국으로의 여행이 묘사된다.

중국의 왕인 키메 칸(Keeme Khan)의 딸인 아랄고(Aralgo)가 있었는데 키메 칸과의 대결을 통해 아랄고과 결혼하게 된다. 그리고 중국에서 3년을 살다가 본처인 로그모가 생각나서 다시 티베트로 돌아가기로 한다.

〈제4장〉

(티) 제4장에서 게사르는 링(Ling)지역을 다시 탈환하고 동쪽 쿠르카르(Kurkar)의 궁전에 가서 계략을 통해 호르(Hor)지역을 손에 넣게 된다. 그리고 빼앗겼던 첫째 부인인 세찬 두그모(Sechan Dugmo)를 링(Ling)으로 데려온다.

(몽) 제4장에는 12머리 거인이 등장한다.
초통은 이때 중국에 있는 게사르의 중국부인인 아랄고를 찾아와서 그녀를 유혹한다. 그러나 그녀는 이 유혹에 넘어가지 않는데 이후 12개의 머리를 가진 거인에게 납치된다. 이 소식을 들은 게사르는 아랄고를 구출하려고 한다.

〈제5장〉

(티) 제5장을 보자면, 이즈음 장(Jang) 왕국의 사탐(Satham)은 다른 지역을 정복할 야망을 가지게 되었다. 이를 알아챈 게사르는 장(Jang)에 가 계략을 써서 사탐(Satham)을 죽이고 영토를 확보한다.

(몽) 제5장은 12머리 거인과의 전투의 장이다.
아랄고는 12머리 거인에게 잡히는데 그녀를 구하러 온 게사르의 소리를 듣게 된다. 그리고 거짓으로 거인을 구슬리면서 게사르에게 협력한다. 그리고 그녀의 도움으로 마침내 12머리 거인과의 싸움에서 이기게 된다.

〈제6장〉

(티) 제6장에서는 마지막 전쟁이 묘사된다.

장(Jang) 지역을 정복한지 10년이 지난 후 게사르를 도와주는 마네네(Manene)라는 여신이 나타나 남쪽의 마물인 싱티(Shingti)가 힘을 키우고 있으니 지금 남쪽을 정복할 때라고 조언하였다. 이에 게사르는 군대를 이끌고 남쪽으로 가서 정복전을 벌여 승리한다.

(몽) 제6장 세 명의 쉬라이골 칸(Shiraigol Khans)들과의 싸움이다.

쉬라이골 칸은 세 명인데 첫째는 싸간(Tsagan Khan)이고 둘째는 쉬라 칸(Sheera Khan), 그리고 셋째는 차라 칸(Chara Khan)이다. 이들은 주변 지역을 정탐하는데 발포(Balpo)지역에는 매를 보냈더니 1년 후에 돌아왔으며 에네드켓(Enedkek)지역에는 여우를 보냈는데 2년 후에 돌아왔고 티베트지역에는 까마귀를 보냈는데 3년 후에 돌아왔다. 그들의 보고를 듣고서 쉬라이골 칸들은 티베트로의 여행을 결정하고 독수리로 변신한다. 티베트에서 쉬라이골 칸들은 게사르의 부인인 로그모의 미모에 반해서 그녀를 취하기로 한다. 이에 이를 용납할 수 없는 게사르 칸과의 전투가 벌어진다.

〈제7장 ~ 마지막장〉

(티) 제7장은 마지막 장으로 게사르는 모든 정복 전쟁을 마치고 3년간의 명상에 돌입한다. 그리고 게사르의 왕국은 평화를 이어가게 된다.

(몽) 제7장에서는 초통의 배신이 나온다.

게사르는 전력을 다해 쉬라이 골 칸들과의 전쟁에 임한다. 그런데 삼촌인 초통이 게사르를 배신하여 로그모는 쉬라이 골 칸의 손아귀에 놓이게 된다.

(몽) 제8장은 시련극복의 장이다.

이 때에 게사르는 황야에서 재기의 시간을 갖게 된다. 마침 형인 시키르(Shikeer)의 도움을 받게 된다. 이 둘은 어려운 상황 가운데 만나서 얼싸안고 눈물을 흘린다. 이에 대지가 흔들리고 산과 숲이 안도하게 된다. 이후에 로그모가 잡혀 있는 곳으로 잠입하여 로그모의 상황을 알아보고 군사들을 모아서 대전투를 치르게 된다. 그래서 시라이 골 칸들을 무찌르고 로그모와 다시 만나게 된다.

(몽) 제9장은 배신자 초통에 대한 처단과 영토로의 귀환의 장이다.

전투에 나간 사이 초통이 영토를 많이 확장하고 있었다. 그래서 게사르는 상인으로, 로그모는 하인으로 변장해서 초통의 영토에 잠입한다. 그리고 계략을 통해 초통에게서 다시 영토를 회복한다.

3-2. 내용의 이해

기본적으로 이 두 지역의 이야기는 영토와 부인을 얻기 위한 전쟁이 야기이다. 지역과 인명에 대한 명칭은 차이가 있지만 공통적으로 자신의 부인들을 지키고 영토를 확장하려는 게사르의 고군분투를 그리고 있다. 그리고 삼촌인 토통 혹은 초통은 가족이지만 배신자로 그려진다.

몽골어본에 더 많은 전쟁의 묘사되어 있으며 또한 중국에 대한 자세한 묘사가 있다.

좀 더 자세히 이 두 언어본의 차이를 보자면 다음과 같다.

3-2-1. 싸움의 대상

우선 싸움의 대상에 차이가 있다.

티베트어본의 경우는 비교적 균등하게 동서남북의 괴물이 묘사된다. 북쪽의 루트젠은 12머리를 가진 괴물로 나온다. 이 12머리 괴물은 중국인 아내를 데리고 있고 이 중국인 아내는 게사르와 내통한다. 동쪽 괴물인 쿠르카르는 게사르의 티베트인 부인인 세찬 두그모를 납치해 버리게 되고 게사르는 그녀를 찾기 위해 전투를 치른다. 서쪽의 사탐과 남쪽의 싱티의 경우, 게사르는 자신의 부인과는 별 관계없이 영토를 차지하기 위해 전투를 치른다.

이에 비해 몽골어본의 경우 전투는 크게 두 개였다. 첫째는 12머리의 괴물과의 전투인데 이 괴물은 게사르의 원래 부인인 중국여자 아랄고를 납치한다. 그리고 두 번째의 전투는 쉬라이골 칸과의 전투이다. 이 쉬라이골 칸은 개성이 강한 괴물이다. 이들은 동물로의 변신이 가능하고 게사르의 티베트인 부인인 로그모의 미모에 반해서 그녀를 납치한다.

위의 사실을 보자면 티베트어본의 북쪽 괴물 루트젠은 12머리를 가진 괴물로 묘사되고 중국인 아내의 등장이라는 모티프를 가지고 있다. 이것은 몽골어본과 거의 유사하다. 이에 비해 티베트어본의 동쪽 괴물인 쿠르쿠르와 몽골어본의 쉬라이골 칸은 차이가 있다. 몽골어본의 쉬라이골 칸은 한명이 아니고 세 명의 형제로 등장한다. 한편 티베트어본이나 몽골어본이나 공통적으로 괴물들은 게사르왕의 티베트 부인에게 마음을 뺏겨서 그녀를 납치한다.

이처럼 티베트어본과 몽골어본의 싸움의 대상을 보자면 티베트어본이 더 다양하고 몽골어본의 경우는 싸움의 대상은 숫자가 더 적었다. 그러나 몽골어본 싸움의 대상의 경우는 모티프의 묘사가 더 자세하다고 볼 수 있다.

3-2-2. 배신자 삼촌

티베트어본이나 몽골어본의 경우 삼촌인 토통 혹은 초통은 배신자로 나온다. 티베트어본의 삼촌인 토통은 게사르가 태어나자마자 그의 범상치 않은 모습에 바로 아기 게사르를 생매장한다. 그리고 이후 이야기의 구성상 큰 역할로 나오지 않는다. 이에 비해 몽골어본에서 삼촌 초통은 좀 더 적극적인 반인물로 등장한다. 그는 게사르의 처인 로그모의 미모에 반해 게사르와 아내 얻기를 위한 경주에 나서고 제7장에서는 쉬라이골 칸과의 전투에서 적극적으로 게사르를 배신한다. 그 결과 게사르는 황야로 도망가서 와신상담의 시간을 갖는다. 그리고 천신만고 끝에 9장에서 초통을 처단할 수 있게 된다.

티베트어본에 비해서 몽골어본의 삼촌은 좀더 적극적으로 그리고 치명적인 배신을 한다. 역시 인물묘사에서 좀 더 세밀하다고 할 수 있다.

3-2-3. 형제애의 차이

티베트어본에서 게사르의 형제에 대한 서술은 많지 않다. 게사르는 알의 형태로 태어나며 초인간적인 능력을 지닌 범상치 않은 인물이다. 이에 비해 몽골어본에서는 형제애가 더 자세히 나타난다. 여기를 보자면 게사르에게는 위로 2명의 형이 있으며 이들은 삼촌인 초통과 달리 끝까지 게사르편에서 그를 지지한다. 특히 몽골어본 제8장에서 게사르는 큰 형인 시키르의 도움을 받아 황야에서 재기하게 된다.

이처럼 두 언어본은 큰 줄거리 이외에 디테일에서 차이를 가지고 있다. 티베트어본과 몽골어본의 영역본을 통해 우리는 민족의 역사적 기억에 의한 서사의 확산과 축소의 모습 혹은 자취를 볼 수 있다.

3-3. 티베트, 그리고 몽골 - 실크로드학

지금까지 본문에서 게사르전의 티베트어본과 몽골어본의 영역본에 대한 내용비교를 하였다. 우리는 게사르전이 광범위한 지역에 퍼졌음을 알 수 있다. 특히 게사르전이 퍼져나간 지역들을 일별하면 이것은 실크로드가 중요한 역할을 한 것으로 여겨진다. 그러므로 게사르전의 전달통로가 되었던, 그리고 현재도 또한 그런 역할을 하고 있는 실크로드를 주목할 필요가 있다. 이에 대해서는 이미 실크로드학이라는 명칭이 부각되고 있다.[20] 정수일의 경우는 그의 책에서 실크로드학을 다음과 같

---

20) 이에 대해서는 2015년 버클리대학(UC Berkeley)의 중국학센터(Center for Chinese Studies)에서는 일단의 실크로드 관련 세미나를 진행하고 있다. 그 대표적인 것을 들자면 다음과 같다. (http://ieas.berkeley.edu/ccs/ 의 CCS Events 참조) March 2, 2015

이 정의한다.[21]

> 실크로드학이란 실크로드라는 환지구적 통로를 통해 진행된 문명의 교
> 류상을 인문·사회학적으로 연구하는 학문이다. 그 연구대상은 문명교류
> 이론을 비롯해 실크로드의 개척과 변천, 이 통로를 통한 문명교류의 역사
> 적 배경, 물질문명 및 정신문명의 교류와 인적교류, 그리고 문명교류에
> 대한 역사적 전거 등 여러 분야를 망라한다.

그리고 실크로드학의 연구방법론으로서 총체적 연구방법, 비교론적
연구방법, 현장조사에 의한 실증적 연구방법, 그리고 통시적 연구방법을
말한다.[22] 그리고 실크로드학의 필요성에 대해서 역설하면서 다음과 같
이 말한다.[23]

⟨Dunhuang and the Silk Road: Imperial Archaeology to Digital Reunification(제국의
고고학으로부터 디지털 속의 재통일)⟩
Panelist/Discussant: Patricia Berger, Art History, UC Berkeley
Speaker/Performer: Susan Whitfield, curator, Central Asian manuscripts at the British
Library
이 발표에서 수산 휏필드는 현재 운용되고 있는 돈황 프로젝트에 대한 상세한
설명을 하고 있다.
April 3, 2015
⟨Inventing Silk Road Studies(실크로드학 만들기)⟩
Panelist/Discussant: Michael Nylan, History, UC Berkeley
Speaker/Performer: Tamara Chin, Comparative Literature, Brown University
April 20, 2015
⟨The Twenty-first Century Italy-China Silk Road and its National Legacies(21세기
이탈리아-중국의 실크로드, 그리고 국가적 유산)⟩
Speakers: Lisa Rofel, Anthropology, UC Santa Cruz; Sylvia Yanagisako, Anthropology,
Stanford University
21) 정수일, ≪실크로드학≫, 서울 : 창비, 2001, 17쪽.
22) 정수일, 위의 책, 25-28쪽.
23) 정수일, 앞의 책, 29쪽.

바야흐로 인류는 서로가 어울리고 주고받음으로써만 생존할 수 있는 '국제화 시대' '지구촌 시대'를 맞이하고 있다. 이러한 시대를 성공적으로 살아가려면 교류의 지혜를 터득해야 하는데, 그러한 지혜는 오로지 실크로드학과 같은 교류학에서만 얻을 수 있다. 따라서 그간에 쌓아올린 연구 업적을 토대로 하여 '실크로드학'이라는 새로운 국제적 학문을 창출하는 것으로 더 이상 미룰 수 없는 시대적 요청이다.

게사르전은 티베트에서 몽골로 그리고 실크로드변의 여러나라로 퍼져 나갔다. 그러므로 실크로드학의 한 부분으로서 게사르전은 한학의 범주에도 들지만 더 크게는 실크로드학의 범주에도 든다고 할 수 있다.[24]

4. 시베리아 철도를 따라

서구의 동양학연구는 1950년대 이전과 이후로 연구의 중심 지역이 구분된다. 이것은 세계대전의 종식과 더불어 한 획을 그은 것으로 여겨진다. 1950년대 이전에는 유럽이 중심이었다고 한다면 1950년대 이후에는 미국으로 중심이 옮겨진다.

게사르전 번역의 경우도 마찬가지이다. 중국이외 지역의 번역본으로는 1950년 이전에는 러시아를 비롯한 유럽이 중심이었다면 이후에는 미국에서 번역본이 활발히 출판된다.

---

24) 본 연구의 경우는 비교론적 방법으로 '게사르전'에 접근한 경우이다. 이와 아울러서 이 분야에 대해서 트랜스 아시아학(Trans Asia Studies)이라는 범주에 넣는 것도 고려해 볼 수 있다. 현재 트랜스 아시아학은 주로 영화학분야에서 사용되고 있으며 '실크로드학(Silk Road Studies)'에 비해서 다층적인 의미로 쓰이고 있다.

　이들 책들의 비교 검토를 통해 우리는 오늘날 영역본 게사르전의 현황을 파악할 수 있으며 이를 통해 아직은 우리나라에서 미진한 게사르학에 대한 좀 더 폭넓은 이해를 할 수 있을 것이다.

　여기에서는 우선 게사르전 번역의 역사적인 과정을 살펴보았다. 서사시인 게사르전에 있어서 1716년 몽골어본은 최초의 판본으로 일반적으로 인정을 받고 있다. 이를 보자면 게사르전은 티베트에서 발전한 서사시임에도 불구하고 현재 남아 있는 것으로는 몽골어본이 최초 본이다. 이처럼 티베트와 몽골의 밀접한 관계는 이를 통해서도 알 수 있다.

　게사르전은 이후 동양어권이외의 다른 외국어로 번역되게 된다. 가장 먼저는 러시아어 번역이 있었으며 1927년에 최초의 영문번역본인 이다본이 출판된다. 이다본은 몽골어본의 영문본이다. 이후 프랑스와 미국에서 영문번역본이 등장하는데 프랑스와 미국에서 출판된 다비드 넬본과 더글라스본은 티베트어본의 영역본이다. 다비드 넬의 경우는 게사르전을 직접 듣고 라마 용덴과 함께 이 작품을 채록한 경우이다. 이 채록의 과정 중 게사르전 공연자는 마치 신내림을 받은 것 같은 상태에서 공연하게 된다.

　이어서 티베트어 영역본과 몽골어본 영역본의 내용을 살펴보았다. 티베트어본과 1716년 몽골어본의 경우, 내용을 비교해 보았을 때 지명과 인명 그리고 장절에는 차이를 보였지만 영토와 아내를 되찾기 위한 '싸움'이라는 점에서는 큰 차이가 없었다. 단지 싸움의 대상이나 배신자의 묘사, 그리고 형제애의 서술에 있어서는 차이를 보이고 있었다.

　바야흐로 시베리아철도와 한반도의 철도가 연결되어서 이제 유라시아가 하나의 선으로 연결되려는 시점이다. 이뿐만이 아니라 현재의 중국에서는 일대일로(一帶一路)라는 장대한 사업을 실행하려는 시점이다.

이러한 시대에 발 맞추어서 게사르전 연구를 비롯한 실크로드에 있는 서사시들에 대한 연구는 우리의 학문세계를 더욱 풍부하게 할 수 있는 지름길이 될 것이며, 이것은 '실크로드학'으로 불러도 타당할 것이다. 특히 이들 서사시 연구를 통해 우리는 실크로드에 존재하는 여러나라들이 주고받은 영향관계에 대해서 하나의 맥을 짚어 나갈 수 있을 것이다.

IV. 게사르전 탕카

- 서사시의 시각적 구현

1. 이야기, 공연, 그림

서사시 '게사르전'은 현재도 공연되고 있는 서사작품이고 이 공연에서 배경 그림인 '탕카'는 중요한 역할을 하고 있다. 그러나 우리는 탕카의 역할이 정확히 무엇인지 모른다. 확실히 탕카 자체는 우리에게 낯선 분야이다.[1] 그러나 탕카에 대한 연구는 1980년대 이래로 영어권이나 중국어권에서는 그 자료가 착실히 축적된 분야이다.[2]

영문 중요 단행본을 들자면 다음과 같다.(출판시기 순서대로 정리함)

1. Pratapaditya Pal, *Tibetan paintings : a study of Tibetan thankas, eleventh to nineteenth centuries*, Basel, Switzerland : R. Kumar, 1984.

2. David Jackson and Janice Jackson, *Tibetan Thangka Painting : Methods & Materials*, Boulder, Colorado : Shambhala : Distributed in the U.S. by Random House, 1984.

3. David Paul Jackson, *A history of Tibetan painting : the great Tibetan painters and their traditions*, Wien : Verlag der Österreichischen Akademie der Wissenschaften, 1996.

4. Clare Harris. *In the image of Tibet : Tibetan painting after 1959*, London : Reaktion Books, 1999.

5. Hugo Kreijger. *Tibetan painting : the Jucker Collection*, Boston : Shambhala : Distributed in the U.S. by Random House, 2001.

6. Ajay Kumar Singh. *An aesthetic voyage of Indo-Tibetan painting : Alchi*

---

1) 원종민의 〈티벳 문자의 한글표기 방안〉(《중국학연구》 28권, 2004), 246쪽에 따르면 우리나라의 티베트학은 아직 언어적 기반을 갖추어야 할 단계라고 말한다.
2) 아울러 여기에서, 게사르전의 내용은 Douglas J. Penick의 앞의 책을 기본 자료로 활용한다.

and Tabo, Varanasi : Kala Prakashan, 2006.

7. David Paul Jackson, *The Nepalese legacy in Tibetan painting*, New York : Rubin Museum of Art, 2010.

게사르전 탕카와 관련된 중요 중국 자료로는 다음과 같은 것들이 있다.

1. 降邊嘉措·周愛明, ≪藏族英雄史詩格薩爾唐卡≫, 北京 : 中國畫報出版社, 2003.
2. 四川省博物院·四川大學博物館 編著, ≪格薩爾唐卡硏究≫, 北京 : 中華書局, 2012.

일찍이 빅터 메어는 서사와 공연, 그리고 그림과의 관계에 대해서 "서사와 공연에는 분명한 선이 존재하지 않았으며 이와 아울러 공연과 그림은 밀접한 관련을 가지고 있다"고 하였다.[3] 특히 그는 세계의 여러 가지 공연이 그림과 함께 실연되고 있다고 말한다.

여기에서는 탕카의 정의부터 논의를 시작해서 이어서 서사시와 게사르전 탕카의 연관관계를 고찰할 것이다.[4] 특히 사천성박물원(四川省博物院)이 소장하고 있는 게사르전 탕카를 분석하려 한다.[5]

---

3) 빅터 메어 저, 김진곤·정광훈 역, 위의 책, 265쪽.
4) 冶靑措의 〈淺談≪格薩爾≫唐卡藝術〉(≪靑海社會科學≫ 2009年 3期), 84쪽에 따르면 게사르전을 중국에서는 '格學'이라고 지칭한다. 이 논문에서는 '格學'의 발전에서 중요한 사건으로 게사르전이 2006년에 중국의 '국가급 비물질 문화유산'으로 등록된 사건을 중시하고 있다. 확실히 이 이후로 중국에서 게사르전 연구는 더 활발해지고 있는 양상이다.
5) 이후 나오는 11폭의 게사르전 탕카의 소개 순서는 四川省博物院·四川大學博物館 編著한 ≪格薩爾唐卡硏究≫(北京 : 中華書局, 2012)의 순서를 따른다. 또한 11폭의 탕카 내용 중에서 여기서는 각 탕카의 중심인물만을 다룬다. 좀 더 자세한 분석은 이후의 작업으로 남겨둔다.

이를 통해 우리는 서사와 공연, 그리고 그림이 각기 따로 존재하는 장르가 아니고 서로 간에 영향을 주고 받으며 발전한 장르임을 이해할 수 있을 것이다. 즉, 티베트 서사시 게사르전과 게사르전 탕카의 연관성을 이해하여 각 장르간의 연관성을 발견하고, 이에서 더 나아가 게사르전에 대한 이해의 폭을 넓일 수 있을 것이다.

2. 탕카의 의미

2-1. 탕카의 뜻

최초로 티베트 그림회화를 탕카(thanka)라고 표기한 사람은 주세페 투치(Giuseppe Tucci)이다. 그는 그의 저작 *티베트 그림 두루마기*(*Tibetan Painted Scrolls*, 1949년)[6]에서 탕카라는 말을 사용하였다.[7][8] 한편 탕카의 구체적인 특징에 대해 조송식은 투치(Tucci)가 이미 언급한 정의를 다시 말하면서 '탕카의 가장 큰 특징은 말아 올릴 수 있는 것'이라고 하였다. 한편 현존하는 탕카 연구자인 프라타파디트야 팔(Pratapaditya Pal)은 '일반적으로 면직물에 그려 말아 올릴 수 있는 종교적인 그림'이라 하였다.[9]

---

6) 로페즈 주니어 저, 정희은 옮김, ≪샹그릴라의 포로들≫(창비, 2013), 270쪽에서 이 책을 '기념비적 저작'이라고 평가한다.

7) 탕카 관련 논문으로 국내에서는 두 개를 보고자 한다. 첫째는 김호산의 논문 〈티베트 탕카 연구〉, 석사학위논문, 동국대학교, 2004)이고 다른 하나는 장연희의 논문 (〈탕카의 보존 기법 연구〉, 석사학위논문, 용인대학교, 2005)이다.

8) 김호산, 위의 논문, 1쪽.

9) 조송식은 〈티베트 탕카의 기원과 역사적 전개〉(≪중국인문과학≫, 42권, 2009)의

탕카는 "현대 중국에서는 탕카(唐卡)라 쓰며, 영어권에서는 thanka, than sku, sku than이라 부르는데 면본채색(綿本彩色)을 하였으며 축(軸)을 중심으로 한 두루마리의 형태를 취하고 있다"고 한다.[10] 또한 티베트 불교미술은 "초반에는 인도의 영향을, 이후에는 중국의 영향을 받아 이를 독자적인 해석을 통해 발전시켜 나갔다. 특히 티베트는 각 시대별로 서부 · 중부 · 동부가 그 불교유파에 따라 다양한 모습을 보여주고 있다"고 한다.[11]

또한 중국의 현대학자인 류순야오(劉舜堯)의 경우, 탕(唐)은 '전시'의 의미[12]를 지니고 있다고 말하며, 저우홍(周洪)의 경우는 "탕(唐)은 '공간'을 말하고 카(卡)는 '공백을 채운다'는 의미를 지닌다고 한다. 또한 티베트에 전래되는 토착 종교인 본교와 마애석각예술이 탕카 탄생의 기초라고" 말한다.[13]

위의 의견을 보건대 탕카는 우선 말아 올려서 옮길 수 있는 '이동성'이 있어야 하며 또 공연과 더불어 '전시'하기 위해서 제작되었다고 이해할

428쪽, 주12)에서 謝繼勝의 〈唐卡起源考〉(≪中國藏學≫ 第4期, 2008)를 근거로 해서 말하였으며 이를 재인용한다.
또한 조송식의 같은 논문, 426쪽의 주5에서 티베트 그림인 탕카와 발음이 비슷한 우리나라의 탱화에 대해서 다음과 같이 말한다.
"현존하는 우리나라 고려불화 탱화는 원나라의 지배 아래 있었던 14세기 전반부에 만들어졌다. 원나라는 샤가파 팍빠가 쿠빌라이의 스승으로 있어 원나라에 티베트 불교 및 미술이 큰 영향을 미치고 있었다. 티베트 불교가 원나라를 통해 고려에 유입되었을 때 고려시대 불화도 그 영향을 받았다고 할 수 있다."
이처럼 티베트 탕카와 우리나라 탱화의 연관 관계에 대해서는 추측만이 있을 뿐이다.
10) 김호산, 앞의 논문, 69쪽.
11) 김호산, 앞의 논문, 3쪽.
12) 劉舜堯, 〈四川博物院藏唐卡〉, ≪收藏家≫, 2011年 6期, 53쪽.
13) 周洪, 〈論作爲觀念藝術的唐卡繪 畫創作特性〉, ≪重慶職業技術學院學報≫ 第16卷, 2007年 2期, 134쪽.

수 있다.

2-2. 탕카의 기원

탕카의 기원은 인도에 있는데, 이 지역에서 헝겊에 그린 그림이 네팔 또는 실크로드를 경유하여 티베트에 전해진 것이라 추측된다. 이에 대해 장연희는 다음과 같이 말한다.[14]

> 티베트의 불교가 다른 지역에 전래됨에 따라 탕카는 몽골, 중국, 네팔, 부탄 등에서 제작되었던 것 같다. 인도에서는 13세기 초에 전통적인 불교가 소멸하였으며 이 소멸과 궤를 같이 하여 헝겊에 그린 그림은 하나도 남아있지 않다. 그러나 밀교경전에 이 그림의 제작방법이 설명되어 있다. 네팔의 경우 네팔 불교의 불화가 카트만두 분지에 조금 잔존해 있으며, 이것을 네와르어로 Paubha라 칭하고 있다. Paubha는 인도 및 대륙에 남은 유일한 헝겊그림으로 현재는 탕카로 통칭되고 있다.

한편 김호산의 경우 탕카의 기원에 대해 상한선을 송찬감포왕 시기로, 하한선을 836년으로 여기고 있다.[15]

티베트의 불교는 밀교이며, 밀교 예술은 총 6가지로 나뉜다. 이에 대해서 장연희는 다음과 같이 분류한다.[16]

> 첫째는 성스러운 몸의 예술로 부처와 부처의 가르침과 부처의 마음을 전달하는 것으로, 그림으로써 높은 경지를 표현하는 예술이다. 둘째는 주변을 온갖 아름답게 꾸미는 것이다. 셋째는 이교도를 논쟁으로써 설파해 낼 수 있는 예술이여, 넷째는 음악 무용과 같이 세속적 언어 예술이다.

---

14) 장연희, 위의 논문, 5쪽.
15) 김호산, 앞의 논문, 70쪽에서 탕카의 기원 연대에 대해 서술하였다.
16) 장연희, 앞의 논문, 4쪽.

다섯째는 성스러운 마음의 예술로 부처의 가르침을 알고 나서 명상하여 부처의 마음을 체험하는 예술이다. 여섯째는 세속적인 마음의 예술로 18개의 철학 문학 64가지의 기예 등이 여기에 속한다. 탕카는 위의 설명 중, 첫 번째인 성스러운 몸의 예술에 속하는 예술품이다.

이처럼 탕카의 기원은 불교의 전파와 같은 경로를 밟고 있으며 기본적으로 종교적인 색채를 가지고 있는 것으로 보인다.

2-3. 탕카의 구분

2-3-1. 내용상 구분

섬서사범대학출판사에서 나온 탕카연구서에 따르면 탕카의 범주는 내용상 크게 두가지로 나누고 있다. 하나는 불교자체의 인물이야기이며 다른 하나는 불교의 영향이 적은 분야이다. 이를 살펴보면 아래와 같다.[17)]

1) 탕카 중의 부처님, 보살, 위대한 스님
- 부처님 : 미륵불(彌勒佛), 연정불(燃灯佛), 아미타불(阿彌陀佛), 대일여래(大日如來), 약사불(藥師佛), 삼십오불(三十五佛)
- 보살 : 사비관음(四臂觀音), 사후관음(獅吼觀音), 황문수(黃文殊), 사비문수(四臂文殊), 금강수삼합일(金剛手三合一), 대륜금강수(大輪金剛手)
- 위대한 스님(上師) : 이승육장엄(二勝六莊嚴)[18)], 아띠싸(阿底峽), 마르빠

---

17) 曲世宇撰文 ; 吉布圖文, ≪唐卡中的佛菩薩上師≫, 西安 : 陝西師範大學出版社, 2007, 뒷면 표지.

18) 일반적으로 불교에서 말하는 이승육장엄(二勝六莊嚴)은 인도의 불교성립시기의 승려를 말하는데 구체적으로 二勝은 功德光(Gunaprabha) · 釋迦光(Shakyaprabha)을 가르키며 六莊嚴은 龍樹(Nāgārjuna) · 聖天(Āryadeva) · 無著(Asanga) · 世親(Vasubandhu) · 陳那(Dignāga) · 法稱(Dharmakīrti)을 지칭한다.

(瑪爾巴), 밀라레빠(米拉日巴), 사캬 판디타(薩迦班智達), 총카파(宗喀巴)

2) 탕카 중의 신화 전기
- 지역신화(雪域神話) : 사파재우(斯巴宰牛), 천사곡물(天賜穀物), 목신전
  세(牧神轉世), 납목엽적안루(納木獵的眼漏), 염청지투(念靑之妒), 충의
  엽신(忠義獵神)
- 영웅의 역사 서사시(英雄史詩) : ≪게사르전(格薩爾王傳)≫ : 천강신자(天降神
  子), 천도영지(遷徒嶺地), 새마칭왕(賽馬稱王), 마국지전(魔國之戰), 곽령지전
  (霍嶺之戰), 보위염해(保衛鹽海), 문역지전(門域之戰), 영반천계(榮返天界)
- 재미있는 전래이야기(玄妙傳奇) : 다정 존찬신(多情的尊贊神), 철봉사유
  지(哲蜂寺遺址), 신비금강무(神秘金剛舞), 육신여불(肉身女佛), 연화생
  항마(蓮花生降魔), 밀라레빠화신인 설표(米拉日巴化身雪豹)
- 아름다운 민속(富麗民俗) : 농향소유차(濃香酥油茶), 초혼청과(招魂靑
  稞), 연야천귀(年夜遷鬼), 신희전불(晨曦展佛), 산내지연(酸奶之宴), 칠
  야세욕절(七夜洗浴節), 천장민속(天葬民俗)

이를 보자면 게사르전 탕카는 신화 전기부류에 속하는 서사시라고 볼
수 있다.

한편으로 예칭춰(冶靑措)에 따르면 탕카는 내용에 따라서 아래와 같
이 다섯 개의 구분이 가능하다.[19)]

- 덕당(德唐)·협당(協唐) : 덕(德)은 보물의 의미이며 협(協)은 얼굴의 의
  미이다. 이 두가지는 모두 불교 탕카를 말한다.
- 만당(曼唐) : 티베트 민족의 의학 내용을 그린 탕카
- 자당(孜唐) : 티베트 민족의 역법에 대한 내용
- 중당(仲唐) : 중(仲)은 게사르전 내용을 지칭한다.

그러므로 중당(仲唐)이란 장르는 게사르전의 내용만을 전적으로 그려

---

19) 冶靑措, 위의 논문, 83쪽.

낸 탕카이다. 이처럼 게사르전 탕카가 탕카 구분 중 하나로 존재한다는 것은 그만큼 게사르전이 보편적이고 대중들의 광범위한 사랑을 받았음을 보여주는 증거라고 할 수 있다.

2-3-2. 시대별 구분

시대구분에 있어서는 김호산의 시대구분을 소개하고자 한다.[20][21]

ⓐ 13-14세기 : 티베트미술에서는 여전히 인도-네팔 전통이 주류로 자리잡고 있었는데, 14세기 중반부터 중부 티베트지역의 조사(祖師)를 표현하는데 나타나기 시작한 중국의 영향도 무시할 수 없는 흐름이었다. 또한 배경과 인물묘사에도 중국의 영향이 있었는데 인물의 경우 딱 달라붙는 옷, 혹은 간단하게 묘사하던 인도-네팔 미술전통과 달리 느슨한 옷모양새를 나타내는 것이 그것이다.

ⓑ 15세기 : 이 시기 티베트 탕카에 있어 중국화풍의 가장 기본적인 영향은 풍경을 그림 속에서 신경 써서 배치한다는 점이다. 이 경향을 잘 나타내주는 것은 나한이나 고승을 그린 그림이다.

ⓒ 16세기 : 이 시기에는 서부, 동부, 중부티베트가 각각의 발전을 이루는 흐름을 보여주고 있다. 구게(Guge), 라다크(Ladakh), 잔스카르(Zanskar) 등 서부 티베트의 경우 많은 벽화와 탕카가 이 지역의 사원에서 제작되었으며, 동부 티베트의 경우 깔마 가드리(Karma Gadri) 양식이 16세기 후반에 발생하게 된다. 한편 중부 티베트는 다양한 양식이 혼재되어 있었다. 이러한 각 지역의 차이에도 불구하고 전체적으로 당시 티베트에서는 보다 강한 자연스러움을 표현하고자 하는 다양한 방법을 시도하였다는 것이 공통적인 특징이라고 할 수 있다.

ⓓ 17-19세기 : 이 시기에 달라이라마는 티베트의 정치 종교적인 지배권을

---

20) 시대 구분에 대한 다른 탕카 전문서와의 비교연구는 이후에 더 지속되어야 할 부분이다.
21) 김호산, 앞의 논문, 77-109쪽.

행사하였다. 달라이라마의 시대는 풍족한 시대였다. 다수의 탕카가 현존할 뿐 아니라 중앙집권이 확립되면서 많은 수의 탕카가 만들어진 시기였기 때문이다. 이때 탕카는 중국 건륭시기에 중국미술에도 많은 영향을 주었기 때문에 티베트현지에서 제작된 것과 중국에서 제작된 것을 구별해 내는 것이 점차로 어려워졌다.

이처럼 탕카는 각 시대별로 주위나라들의 회화들에 영향을 주고 받으면서 변화해 왔다.

3. 게사르전 탕카의 전개

3-1. 게사르전 서사시의 내용

이제 서사시인 게사르전과 그림의 일종인 게사르전 탕카와의 관련성을 알아보고자 한다.

취스위(曲世宇)의 앞의 책에 나온 내용을 본문 내용에 따라 화살표와 밑줄로 표시하고 쟝볜쟈춰 · 저우아이밍(降邊嘉措 · 周愛明)의 《장족영웅사시게사르탕카(藏族英雄史詩格薩爾唐卡)》[22)]에 있는 동일 내용을 이어서 표시하면 다음과 같다.

제1장은 게사르(Gesar)의 탄생에 관한 이야기이다. → 천강신자(天降神子)[23)]

---

22) 降邊嘉措 · 周愛明, 《藏族英雄史詩格薩爾唐卡》, 北京 : 中國畫報出版社, 2003.
23) 게사르전의 내용 속에는 다른 나라 서사시에서는 찾아볼 수 없는 독특한 서술로서 삼촌과 조카의 갈등이 있다. 이에 필자는 주인공이 왜 하필 삼촌과 대립하게 되는가

제2장은 게사르가 성장하는 과정에 대한 이야기이다. → 천도령지(遷徒嶺地), 새마칭왕(賽馬稱王)

제3장은 본격적인 정복 전쟁이 묘사된다. → 마국지전(魔國之戰) → 마령대전(魔嶺大戰)[24]

제4장에서 게사르는 링(Ling)지역을 다시 탈환하고 쿠르카르(Kurkar)의 궁전에 가서 계략을 통해 호르(Hor)지역을 손에 넣게 된다. 그리고 빼앗겼던 첫째 부인인 세찬 두그모(Sechan Dugmo)를 링(Ling)으로 데려온다. → 곽령지전(霍嶺之戰) → 곽령대전(霍嶺大戰)[25]

제5장을 보자면, 이즈음 장(Jang) 왕국의 사탐(Satham)은 다른 지역을 정복할 야망을 가지게 되었다. 이를 알아챈 게사르는 장(Jang)에 가 계략을 써서 사탐(Satham)을 죽이고 영토를 확보한다. → 보위염해(保衛鹽海)

에 대해서 의구심이 들었다. 이 부분 대해 R. A. 슈타인이 짓고 안성두가 옮긴 ≪티벳의 문화≫(도서출판 無憂樹, 2004), 116쪽에서 그 힌트를 얻을 수 있다. 그 내용은 아래와 같다.

"비록 부자 사이의 대립은 드물었지만 삼촌과 조카 사이의 대립은 자주 일어났다. 아버지의 동생인 숙부는 자신의 후손을 위해 상속권을 취하려고 할 경우가 있다. 일처다부제와 형수취처제의 의미가 동생이 형을 계승하는 것이라면, 부계 상속의 원리와 장자 상속권은 형이 아들을 낳은 순간 동생에게 물러날 것을 요구한다. 젊은 동생이 분가를 요구하는 경우도 일어났다. 게다가 일부다처제도 상황을 악화시켰을 것이다."

이에 따르면 서사시에서 주인공인 게사르와 삼촌인 토통의 대립은 티베트 사회의 상속권을 둘러싼 문화적인 배경에서 나온 것이라고 볼 수 있다.

24) 降邊嘉措·周愛明의 위의 책, 34쪽에 따르면 마령대전(魔嶺大戰)이라 지칭한다.
25) 降邊嘉措·周愛明, 앞의 책, 42쪽.

→ 강령대전(姜嶺大戰)[26]

제6장에서는 마지막 전쟁이 묘사된다. → 문역지전(門域之戰) → 문령대전(門嶺大戰)[27]

제7장은 마지막 장으로 게사르는 모든 정복 전쟁을 마치고 3년간의 명상에 돌입한다. 그리고 게사르의 왕국은 평화를 이어가게 된다. → 영반천계(榮返天界)

3-2. 게사르전 탕카

게사르전 탕카는 중당(仲唐)이라는 이름으로 지칭되며 자신의 독특한 풍격을 형성하고 있다. 게사르전 탕카의 특징으로 예칭춰(冶青措)의 경우는 다음과 같이 말한다.[28]

1. 내용이 쓰여 있지 않고 그림으로써 표시하였다.
2. 배경과 색깔로써 여러 가지 이야기를 하였다.
3. 중앙에 중요인물을 부각 시킨다.

그러나 위의 의견 중의 1번의 경우 게사르전 탕카 중 사천성박물원(四川省博物院) 소장본의 경우는 그림에 약간의 설명이 부기되어 있어서 사실과 다르다고 할 수 있다. 3번의 경우는 매우 중요한 사항이라고 볼 수 있다.

---

26) 降邊嘉措 · 周愛明, 앞의 책, 52쪽.
27) 降邊嘉措 · 周愛明, 앞의 책, 60쪽.
28) 冶青措, 앞의 논문, 83쪽.

또한 예칭춰(冶青措)는 최근 게사르 탕카에 있어서 중요한 사건으로 아래와 같은 네가지를 들고 있다.[29][30]

1. 중국사회과학원 민족문학연구소에서 ≪게사르≫정선본(精選本)을 발간 하였는데 모두 해서 40권이다. 그런데 여기에 청해(靑海) 황남(黃南) 장족자치주(藏族自治州) 열공지구(熱貢地區)의 민간에서 작성한 게사르전 탕카를 넣었다. 40권 중 각 권마다 6폭의 그림이 있으니 모두 240개이다.
2. 서장(西藏)사회과학원에서는 2002-2003년 사이에 '게사르 탄생 천년 기념' 활동의 일환으로 탕카 21폭을 전시하였다.
3. 덕격현(德格縣) 인민정부에서 제작한 감자주(甘孜州) 문화유산으로서 '게사르 천폭 탕카' 공정이 있다. 이것은 게사르전에 의거해서 1008폭의 탕카를 만드는 작업이다.
4. 청해(靑海) 황남주(黃南州)의 종자납걸(宗者拉杰)에서 제작한 거대한 탕카 ≪채회대관(彩繪大觀)≫ 중에 게사르전 탕카 부분이 있다.
5. 청해성(靑海省)의 문련(文聯) ≪게사르≫연구소에서 제작한 30개의 게사르전 탕카가 있다.

위에서 말한 게사르전 탕카는 모두가 현대에 제작된 것이다. 그런데 현재 중국에는 '전통 탕카' 중 게사르전 탕카가 몇 개 전해지고 있다. 그 중 유명한 것을 들자면, 하나는 프랑스 기메미술관이 소장하고 있는 10폭의 게사르 탕카이고 다른 하나는 사천성박물원(四川省博物院)이 소장하고 있는 11폭 탕카이다. 여기에서는 사천성박물원이 소장하고 있는

---

29) 冶青措, 앞의 논문, 84쪽.
30) 冶青措의 〈藏族 ≪格薩爾≫ 唐卡藝術的繼承與發展〉(≪攀登≫ 29期, 2010), 112-113쪽을 살펴보자면 게사르전 탕카는 전통 탕카와 현대 탕카로 나누어진다. 이 논문에 따르면 현대 탕카 중에는 靑海 黃南 藏族自治區 尖扎縣에 사는 仁靑 尖措라는 화가의 탕카가 뛰어나다고 하는데 그의 탕카의 경우 인물형상이 선명하고 생동감이 있으며, 구도가 대담하고 색채가 풍부하다고 한다.

11폭 탕카를 고찰하려고 한다.

사천성박물원이 소장하고 있는 게사르전 탕카에 대해서 천즈쉐(陳志學)과 저우아이밍(周愛明)은 다음과 같은 중요한 사실을 말한다.[31] 즉 "이 박물관이 소장하고 있는 게사르전 탕카 중의 일부분은 1940년대 화서변강(華西邊疆)의 연구원이 수집하였고 또 일부분은 류어후이(劉顎輝)라는 개인이 소장하고 있던 것이다. 그런데 1950년대에 중앙대표단이 감자(甘孜)지구를 방문했을 때, 그 지역인사들이 이 탕카를 대표단에게 헌정하였으며 대표단은 이것을 사천(四川)에 남겨두었는데 이후에 사천성박물원에 소장되었다. 창작연대에 대해서는 사천성박물원의 왕쟈유(王家佑)는 명대 작품이라고 하였고 왕핑전(王平貞)은 청대 작품이라고 하였다. 이에 티베트학 전문가인 양쟈밍(楊嘉銘)[32]은 색과 구도, 그리고 화면상의 구름과 나무들이 전체적인 구도에서 돌출적인 것을 통해 추측컨대 강구(康區)의 깔마깔디(噶瑪噶孜)화파[33]의 작품이며 창작

---

31) 陳志學·周愛明, 〈稀世珍寶《格薩爾》唐卡〉, 《中国西藏》 제1期, 2004, 36쪽.

32) 楊嘉銘(1944~현재)은 康定民族師範專科學校에서 임직하고 있다.

33) 화정박물관, 《티베트의 미술》(한빛문화재단, 1999년), 182-183쪽에 깔마깔디파에 대한 설명이 잘 나와 있다. 그 내용은 아래와 같다.

"15세기 중앙티베트에서는 화공인 도빠다시갤뽀의 문하에서 맨라뒨둡과 갠첸첸모라는 거장이 배출되어 각각 '맨리파'와 '갠첸파'라고 불리는 불교회화의 2대 파벌을 창시하였다. 이 가운데 맨리파는 寂靜尊을, 갠첸파는 忿怒尊을 잘 그리는 것으로 유명하지만 창시자가 同門의 제자였던 관계로 양파의 화풍에는 커다란 차이가 없다. 특히 중앙티베트에서는 한 사람의 화공이 양파의 화풍을 동시에 배우는 경우가 많았으므로, 캄 지방의 새로운 깔마깔디파와 같이 한눈에 판별할 수 있을 정도의 두드러진 특징은 없다."

그리고 182쪽에서는 "16세기 이후 흑모 라마의 숙영지(흑모 라마의 거주지는 텐트와 비슷하며 이동이 용이함)를 중심으로 '깔마깔디'라는 불교회화의 유파가 형성되었다. 이 유파는 중국 내지와 경계를 접하고 있는 캄(Kham)지역을 기반으로 하였고 18세기에는 중국회화의 영향을 강하게 받은 '깔마깔디파'라는 화풍을 성립시켰다"

연대는 청대이다"라고 하였다.

이제 살펴보려고 하는 11폭의 게사르전 탕카는 모두가 가운데에 중심 인물을 담고 있다. 그런데 이 중심인물이 과연 누구인가에 대해서는 그 명칭에 변화가 있었다.[34] 이를 살펴보고자 한다.[35]

3-2-1. 낭만걸모(朗曼杰姆 랑만제무)[36]

낭만걸모는 게사르의 천계의 고모이자 인간계의 수호신이다.[37] 이 여 신은 게사르가 어려움을 처할 때에 도움의 손길을 내민다. 오른손에는 화살과 비슷한 깃발을 들고 있으며 왼손에는 거울을 들고 있다. 머리에 는 네 송이의 꽃을 꽂고 있고 가슴에는 목걸이를 늘어뜨리고 있다. 이 여신은 고라니형상의 동물 위에 앉아 있으며 구름이 여신의 주위에서 감싸고 있다. 전투적인 모습이 아닌 모성적인 측면을 표현한 형상이다.

라고 한다.

이 명칭은 김호산의 앞의 논문, 77-109쪽에 나오는 깔마 가드리(Karma Gadri)와 같은 명칭이다.

34) 이 명칭과 서사시 게사르전과의 유기적인 관계에 대해서는 이후 티베트학의 발전 과 함께 좀 더 상세한 사실이 밝혀질 것이다.

35) 이후에 나오는 11폭의 탕카는 사천성박물원 소장본 탕카를 모사한 모사본이다. 이 모사본은 흑백이기 때문에 원본의 색채감이 결여되어 있다. 또한 전체 탕카 모습의 부분도라는 한계가 있다.

36) 四川省博物院 · 四川大學博物館 編著, 위의 책, 24쪽에 따르면 원래이름은 龍末 甲姆라고 한다.

37) 四川省博物院 · 四川大學博物館 編著, 위의 책, 26쪽. 이후의 게사르전 관련 탕카에도 마찬가지겠지만 이 인척관계도의 유래에 대해서는 좀 더 심도있는 고찰 이 필요할 것이다.

낭만걸모朗曼杰姆

3-2-2. 용왕조납인흠(龍王祖納仁欽 용왕 쭈나런친)38)

이 탕카의 중심인물은 쟝볜쟈춰 · 저우아이밍(降邊嘉措 · 周愛明)에 따르면 다른 이름으로 용왕 추납인흠(龍王鄒納仁欽 쩌우나런친)으로 불린다고 한다.39)

이 용왕 조납인흠은 게사르왕의 외조부이다. 게사르왕의 어머니는 용궁에서 왔다.40) 이 용왕의 하반신은 뱀의 형상이다. 또한 머리에는 9마리의 뱀이 있다.

뱀은 이무기나 용과의 관련선상에서 생각할 수 있다. 그리고 머리를 둘러싼 화염이 있는데 이 화염은 용왕의 오른손에도 불타오르고 있다. 그리고 왼손에는 꼭지를 단 정병이 있다. 이 용왕은 여러 개의 구슬 장식을 한 코끼리에 올라타고 있다. 이 코끼리는 가만히 서 있는 상태가 아니라 동적인 움직임을 보여주고 있다. 이에 대해 스테인은 정병은 치병(治病)을 의미한다고 한다.41)42)

---

38) 四川省博物院 · 四川大學博物館 編著, 앞의 책, 32쪽, 원래이름은 龍王朱拉仁親이라고 한다. 또한 이 탕카는 링국嶺國의 모습을 그렸다.
39) 降邊嘉措 · 周愛明, 앞의 책, 139쪽.
40) 四川省博物院 · 四川大學博物館 編著, 위의 책, 34쪽.
41) 게사르전의 전문가인 프랑스의 R. A. Stein 의 중요한 논문이 번역되어 四川省博物院 · 四川大學博物館 編著한 앞의 책에 실려있다. 그 논문은 "Peintures tibétaines de la vie de Gesar"로서 원래는 *Arts asiatiques*(vol.4, 1958 : 243-271)에 수록되었었다. 영어로는 Arthur Mckeown이 번역하여 "Tibetan Paintings of the Life of Gesar"라는 이름으로, 중국어로는 劉瑞雲이 번역하여 〈格薩爾畵傳〉이라는 이름으로 발간되었다. 정병이 치병(治病)을 의미한다는 견해는 四川省博物院 · 四川大學博物館 編著, 앞의 책, 204쪽에 있다.
42) 스테인의 견해를 받아들인다면 뱀과 치병은 연관을 가지고 있을 것으로 여겨진다.

용왕조납인흠龍王祖納仁欽

3-2-3. 형 동경갈포(哥哥東瓊噶布 형 동충가부)[43]

이 탕카의 중심인물은 쟝볜쟈춰 · 저우아이밍(降邊嘉措 · 周愛明)에 따르면 다른 이름으로 삼아동청갈파(森阿棟靑噶波 썬아동칭가보)이다.[44]

형 동경갈포哥哥東瓊噶布

---

43) 四川省博物院 · 四川大學博物館 編著, 앞의 책, 40쪽에 따르면, 원래이름은 十阿棟靑呷波라고 한다.
44) 降邊嘉措 · 周愛明, 앞의 책, 135쪽.

동경갈포는 천계에서 게사르의 형이다.[45] 이 동경갈포에게 가장 두드
러진 것은 입이 부리모양이며 날개를 가지고 있다는 점이다. 이 인물은
매우 전투적인 성향을 가진 듯하다. 우선 머리에는 투구를 쓰고 있으며
갑옷을 입고 있다. 오른손에는 지휘봉을 가지고 있으며 왼손에는 흰 종
모양의 도구를 들고 있다. 동경갈포는 날개를 가지고 있는데 혼자서 나
는 것이 아니라 비슷한 얼굴을 가진 새 모양의 짐승을 타고 있다. 이
짐승은 뱀을 입에 물고 있으며 목걸이와 팔찌를 가지고 있다. 새의 기동
성을 갖춘 전사의 모습이다. 또한 얼굴은 우리나라의 사찰에서 볼 수
있는 사천왕상의 얼굴 모습과 비슷하다.

3-2-4. 염흠다걸파와측(念欽多杰巴瓦則 녠친둬졔바와쩌)[46]
이 탕카의 중심인물은 쟝볜쟈춰·저우아이밍(降邊嘉措·周愛明)에
따르면 염청당랍산신(念靑唐拉山神 녠칭당라 산신)이다.[47]
이 신은 얼굴에는 세 개의 눈이 있으며 머리에 관을 쓰고 있다. 오른손
에는 깃발을 들고 있으며 왼손에는 염주를 들고 있다. 그리고 말에 올라
타 있다. 스테인에 따르면[48] 염흠念欽(gnyan chen)은 '위대한 산신'이라
는 뜻을 가지고 있다고 한다. 게사르전에서는 게사르의 이복형이다.[49]

45) 四川省博物院·四川大學博物館 編著, 위의 책, 42쪽.
46) 四川省博物院·四川大學博物館 編著, 앞의 책, 50쪽에 따르면 원래이름은 娘親
　多吉巴娃라고 한다.
47) 降邊嘉措·周愛明, 앞의 책, 136쪽.
48) 四川省博物院·四川大學博物館 編著, 앞의 책, 204쪽.
49) 四川省博物院·四川大學博物館 編著, 위의 책, 204쪽.

염청당랍 - 사천성박물원 소장

염흠다걸파와측念欽多杰巴瓦則

3-2-5. 찬신연수마포(贊神延須瑪布 짠선옌쉬마부)[50]

이 신은 성이 난 얼굴에 입술을 깨물고 있다. 그리고 세 개의 눈을 치뜨고 있다. 머리에는 화려한 깃털이 달린 전투모를 쓰고 있으며 오른

찬신연수마포贊神延須瑪布

손에는 전투 깃발을 들고 있으며 왼손에는 낚시 바늘이 달린 긴 끈을 가지고 있다. 이 신은 전투의 신으로서 적토마를 타고 있다. 적토마에는 활집과 화살이 달려 있다. 스테인에 따르면[51] 찬신(贊神 btsan)은 공포를 표현하는 산암(山岩)의 신이라고 한다.

3-2-6. 게사르왕

이 탕카의[52] 중심인물은 쟝볜쟈춰·저우아이밍(降邊嘉措·周愛明)에 따르면 게사르왕이다. 한편 사천성박물원·사천대학박물관에서는 세계 웅사대왕(世界雄獅大王)이라고 고쳐 말한다. 또한 이 탕카는 새마칭왕(賽馬稱王)과 마국지전(魔國之戰)에 관한 내용을 담고 있다고 한다.[53]

게사르왕에 대해서 스테인은 몇가지를 지적한다.[54] 즉 게사르가 쓰고 있는 투구의 장식에 대한 것이다. 이것은 "승리장(勝利幢 rgyal mtshan)"으로 흰색, 붉은 색, 남색의 차례로 배열되어 있는데 이것은 삼계(三界)의 색깔이며 이 승리장을 가진 그는 '전쟁의 화신'이다.

이 게사르 왕에게서 눈에 띄는 것은 그는 왼손을 귀에 가까이 대고 있다는 점이다. 이것은 그가 사람들의 여러 가지 소리를 듣기 위한 것으로 그는 부처의 화신인 파드마 삼바바의 마음을 지니고 있기 때문에 이런 형태를 띄는 것이다. 그리고 오른손에는 전쟁에서 사용하는 전쟁 깃발을

---

50) 四川省博物院·四川大學博物館 編著, 앞의 책, 62쪽에 따르면 원래이름은 羊雄馬波라고 한다.
51) 四川省博物院·四川大學博物館 編著, 앞의 책, 206쪽.
52) 降邊嘉措·周愛明, 앞의 책, 139쪽.四川省博物院·四川大學博物館 編著, 앞의 책, 76쪽.
53) 四川省博物院·四川大學博物館 編著, 앞의 책, 77쪽.
54) 四川省博物院·四川大學博物館 編著, 앞의 책, 206쪽.

들고 있다. 이 게사르왕은 한편으로는 부처의 마음을 지니면서도 다른
한편으로는 용맹스럽게 적과 싸운다. 전쟁의 상황에서 자신의 본분을 다하
고 있다. 그는 불살생(不殺生)의 불교법과 전쟁 속의 살생(殺生)이라는 이
율배반적인 상황에 대해서도 번민하지 않는다. 아마도 티베트라는 독특한

게사르왕

자연환경과 사회환경은 불살생과 살생의 경계를 무디게 한 것으로 보인다. 그리고 그 지역에서 실행 가능한 재해석한 새로운 윤리관을 만들어 냈다.

3-2-7. 동생 노주탁갈(弟弟魯珠托噶 동생 루주퉈가)
이 탕카는 쟝볜쟈춰 · 저우아이밍(降邊嘉措 · 周愛明)에 따르면 녹거

동생 노주탁갈弟弟魯珠托噶

탈강(綠擧脫崗 루쥐튀강)이다.[55] 그런데 사천성박물원 · 사천대학박물
관의 책, 91쪽에서는 동생 노주탁갈(弟弟魯珠托噶 동생 루주튀가)이라고
고쳐 지칭하고 곽령지전(霍嶺之戰)의 묘사라고 한다. 같은 책 93쪽에서
는 노주탁갈(魯珠托噶)은 천상에서 게사르의 동생이라고 한다.

이 인물의 특징으로는 우선 몸통이 인간이 아닌 뱀의 모양이며 동시
에 말 대신 용을 부리고 있다는 점이다. 머리에도 일곱 마리의 뱀이 있으
며 오른손에는 경서를 들고 있으며 왼손에는 뱀이 감겨 있다. 그리고
상서로운 구름에 쌓여있다. 이 동생 노주탁갈(弟弟魯珠托噶)은 천상의
존재로서 신화적인 요소를 많이 가진 인물로 여겨진다.

3-2-8. 전신구형제(戰神九兄弟)[56]

이 탕카의 중심인물은 쟝볜쟈춰 · 저우아이밍(降邊嘉措 · 周愛明)에
따르면 전신위이마(戰神威爾瑪 전신 웨이얼마)이다.[57] 이 내용은 곽령
대전(霍嶺大戰) 내용이 주를 이룬다.

전신구형제는 독특한 대열을 이루고 있다. 가운데 형님뻘인 인물이
있고 주위를 둘러싸고 8명의 전사들이 말을 달리고 있다. 이 8명의 전
사들은 갑옷을 입고 있으며 말을 타고 있다. 그리고 가장 중심 인물의
머리 위에는 새가 세 마리 날고 있고 발 아래쪽에는 동물들이 같이 달
리고 있다. 이 중심 인물은 입가에 자연스러운 미소를 짓고 있다. 그리
고 전투용 모자를 쓰고 있으며 오른손과 왼손에 각각 깃발을 들고 있다.

---

55) 降邊嘉措 · 周愛明, 앞의 책, 140쪽.
56) 四川省博物院 · 四川大學博物館 編著, 앞의 책, 102쪽, 원래이름은 達那却果라
    고 한다.
57) 降邊嘉措 · 周愛明, 앞의 책, 141쪽.

그리고 단단한 갑옷을 입고 있으며 말에는 활과 화살을 지니고 있다. 이 전신구형제 탕카는 상당히 다채로운 구조를 이루고 있다. 구형제 중의 가장 중심인 형제를 상하좌우로 해서 형제들이 둘러싸고 있으며 이뿐만이 아니라 동물들도 역시 일조를 하고 있다. 물샐 틈 없는 진영을 보여준다.

전신구형제

3-2-9. 다걸소열마(多杰蘇列瑪 둬제쑤례마)

이 탕카의 중심인물은 쟝볜쟈춰 · 저우아이밍(降邊嘉措 · 周愛明)에 따르면 다길소열열(多吉蘇列列 둬제쑤례례)이다.[58] 한편 사천성박물원 · 사천대학박물관에서는 다걸소열마(多杰蘇列瑪 둬제쑤례마)라고 고쳐 지칭하고 곽령지전(霍嶺之戰)의 묘사라고 한다.[59] 그리고 이 다걸소

다걸소열마多杰蘇列瑪

열마(多杰蘇列瑪)는 게사르의 여자 보호신이라고 한다.[60]

그런데 이 인물에서 가장 두드러진 것은 호랑이를 부린다는 점이다. 이것은 마치 우리나라의 산신령과 비슷한 형상이라고 할 수 있다. 오른손에는 수정과 같은 물건을 가지고 있고 왼손에는 입에 여의주를 물고 있는 커다란 쥐를 안고 있다. 그리고 머리에는 네 송이의 꽃이 꽂혀 있다. 이 인물은 천상보다는 지상과 밀접한 연관을 가진 것으로 여겨진다.

이 인물에 대해서 스테인은 커다란 쥐가 보물을 물고 있는 것은 재부(財富)를 의미한다고 한다.[61]

3-2-10. 창파동탁(倉巴東托 창바동튀)[62]

이 탕카의 중심인물은 쟝볜쟈춰 · 저우아이밍(降邊嘉措 · 周愛明)에 따르면 창파호법신(蒼巴護法神)이다.[63]

이 탕카의 인물은 머리에는 관을 쓰고 있으며 귀에는 귀고리를 하고 있다. 옷은 갑옷이 아닌 파자마 스타일의 옷을 입고 있다. 오른손에는 불타오르는 검을 들고 있으며 왼손에는 동그란 원형의 떡모양을 들고 있다. 그리고 깃발이 달린 창을 말에 꽂아두고 달리고 있다.

---

58) 降邊嘉措 · 周愛明, 앞의 책, 141쪽.
59) 四川省博物院 · 四川大學博物館 編著, 앞의 책, 113쪽.
60) 四川省博物院 · 四川大學博物館 編著, 앞의 책, 114쪽.
61) 四川省博物院 · 四川大學博物館 編著, 앞의 책, 206-207쪽.
62) 四川省博物院 · 四川大學博物館 編著, 앞의 책, 126쪽, 원래이름은 倉巴棟吉巴波라고 한다.
63) 降邊嘉措 · 周愛明, 앞의 책, 143쪽.

창파동탁倉巴東托

3-2-11. 누나 제열마(姐姐提列瑪 누나 티례마)

이 탕카는[64] 쟝볜쟈춰 · 저우아이밍(降邊嘉措 · 周愛明)에 따르면 삼
강특열마(森姜特列瑪 썬쟝터례마)이며 사천성박물원 · 사천대학박물관
의 책에서는 누나 제열마(姐姐提列瑪 누나 티례마)라고 고쳐 지칭한

---

64) 降邊嘉措 · 周愛明, 앞의 책, 143쪽.

다.[65) 이것은 곽령지전(霍嶺之戰)의 묘사이며 이 책의 114쪽에서는 이 인물은 천상에 있는 게사르의 누나라고 한다.

이 인물은 아마도 천상의 존재일 것이다. 그래서 이 여신은 갈기와 화염에 쌓여있는 사자를 타고 있으며 오른손에는 거울을, 왼손에는 뭔가 사람들에게 좋은 영향을 줄 수 있는 액체를 담은 물병을 쥐고 있다. 이 여신은 불교의 관음보살처럼 어떤 구원을 상징하고 있는 듯하다.

누나 제열마姐姐提列瑪

4. 탕카와 만다라

탕카는 또한 만다라의 일종으로 여겨진다. 만다라에 대해서는 일찍이 심리학자인 융(C. G. Jung)도 이에 대해서 언급했다. 융은 "각 개인에게 남아 있는 유일한 참된 모험은 그 자신의 무의식을 탐구하는 것이라고 강조했으며 이와 같은 탐구의 궁극적인 목표는 自己와 조화가 되고 균형이 잡힌 관계를 형성하는 데 있다"고 하였다.[66]

이를 게사르전 탕카에 대입해 생각해 보면 어떠한가? 게사르전 탕카 역시 만다라 중의 하나라고 말할 수 있을 것이다. 게사르전 탕카들은 모두가 가운데에는 틀림없이 탕카의 주제라고 할 수 있는 인물이 가장 큰 공간을 차지하고 있다. 이들은 하나도 빠짐없이 주변과 중심이라는 구도로 짜여져 있다. 그리고 가장 중심에 그 탕카의 중심으로 강조하고 싶은 인물을 배치하였다. 이 중심인물이 탕카에서 표현하고자 하는 가장 중요한 주제일 것이며 지향하는 부분일 것이다. 사천성박물원의 게사르전 탕카에서도 이 중심인물은 게사르 자신이거나 천상에 있는 게사

---

65) 四川省博物院·四川大學博物館 編著, 앞의 책, 139쪽. 원래이름은 生姜提列瑪라고 한다.

66) 칼 구스타프 융 저, 이부영 역, ≪인간과 무의식의 상징≫(집문당, 2000)의 251쪽에 따르면 "세속적이든 신성하든 간에 만다라 형의 평면도를 가진 모든 건축물은 인간의 무의식으로부터 외계로 원형상 archetypal image을 투사한 것이다. 도시, 요새, 성당은 정신적인 전일성의 상징이 되며, 그렇게 하여 그 장소에 들어가거나 거기서 살고 있는 사람들에게 이 특이한 영향력을 발휘한다.(건축에서조차 정신적 내용의 투사가 순수한 무의식적 과정이라는 것은 새삼 강조할 필요조차 없다. 융은 太乙金華宗旨에서 이렇게 말하고 있다. "이러한 것들은 머리로 생각해 낼 수 있는 것이 아니다. 그들은 망각의 어두운 심층에서 다시 자라나야 한다. 그리하여 그것은 의식의 극단적인 예감과 고도의 직관력을 표현함으로써 현재의 의식의 일회성을 삶의 원초적 과거와 융화시켜야 한다")"라고 말한다.

르의 형제 자매 혹은 지상에 있는 게사르의 수호신이었다.

탕카와 만다라에 대해 티베트 미술 연구가인 타나카 키미아끼(田中公明)는 다음과 같이 말한다.[67]

만다라 - 사천성박물원 소장

---

67) 화정박물관, 위의 책, 185쪽.

"만다라가 모든 존격을 묘사한 이른바 교향악과 같은 것이라면 탕카는 실내악과 같은 성격을 지닌다고 할 수 있다"

또한 같은 책의 189쪽에서는 만다라에 대해서 다음과 같이 말한다.

"티베트 밀교에 있어 만다라는 매우 중요한 미술이다. 중국과 일본의 밀교에서는 금강계와 태장계의 만다라 이외에는 그다지 중시되지 않지만, 티베트에서는 100종 이상의 만다라가 오늘날까지 전해지고 있다. 옛 방식에 따라 토단 위에 채색한 모래로 만다라를 묘사하는 모래 만다라 공양은 인도로부터 전래된 종교적 의례로서 중국과 일본에는 전해지지 않고 오직 티베트에만 전하므로 문화사적으로 종교사적으로 매우 귀중하다."

게사르전 탕카에 나타나는 '중심'에 대한 관심은 티베트 불교의 궁극적인 목표가 '自己를 찾는 과정'이라는 것과 정확히 일치한다. 이와 관련해서 게사르전 탕카에서 보이는 각 편폭의 구도는 이런 연장선상에서 이해할 수 있을 것이다.

5. 융합장르 - 탕카

서사시인 게사르전은 작품으로 애독되었을 뿐만이 아니라 또한 공연되었으니, 아마도 이 공연에서 게사르 탕카는 일정한 역할을 담당했을 것으로 여겨진다. 즉 서사시와 공연, 그리고 회화는 분리된 분야가 아니라 하나의 융합장르로서 존재했을 것이니 이들은 근원적으로 상상력 구현의 여러 가지 방식의 하나일 뿐, 그 근원은 하나라고 할 수 있다.

이같은 게사르전 탕카의 이해를 위해 여기에서는 탕카 자체의 의미부터 거슬러 올라가서 살펴보았다. 탕카는 공연의 내용을 보여주기 위한 그림으로서 이것의 근원은 인도 혹은 네팔지역 예술과 밀접한 관련을 지닌 것으로 보인다. 또한 탕카 자체는 '이동성'이 있어야 하며 전시되기 위해 제작된 것이다. 그리고 역사 시기적으로 여러 단계를 밟으며 변화 발전하였다.

특히 게사르전 탕카는 중당(仲唐)이라는 이름으로 불릴 정도로 광범 위하게 제작되었다. 그중에서도 본 논문에서는 제작 시기를 청대(淸代)로 추정하고 있는 사천성박물원(四川省博物院)에 있는 게사르전 탕카를 주시하였다.

이 탕카들은 각각 게사르전의 중요한 사건들을 소재로 하여 다양한 내용을 담았는데 가운데에는 언제나 각 탕카의 중요 인물이 묘사되어 있다. 이 게사르전 탕카의 중심인물들은 대부분 오른손과 왼손에 각각 다른 상징적인 물건들을 가졌으며 다양한 동물들을 부리고 있었다. 이 중심인물에 대해서는 아직까지 여러 가지 추측이 나오고 있으며 더 지속 적인 연구가 필요한 부분이다.

또한 게사르전 탕카는 만다라의 일종으로서 '중심'이라는 주제를 잘 표현하고 있다고 여겨진다. 이 '중심'은 만다라그림의 지향점이며 가장 의미를 지니는 부분이라고 할 수 있다.

▌참고문헌 ▌

〈국어번역본〉

김호동, ≪황하에서 천산까지≫, 서울: 사계절, 1999.

김호산, 〈티베트 탕카 연구〉, 석사학위논문, 동국대학교, 2004.

나선희, 〈라마야나, 게사르전, 서유기 - 실크로드 위 서사작품의 비교〉, ≪중
　　　국문학≫, 제72집, 한국중국어문학회, 2012.

나선희, 〈서사시 ≪라마야나≫와 중국소설 ≪西遊記≫의 관련성에 대해 -
　　　하누만과 손오공을 중심으로〉, ≪중국문학≫, 제26집, 한국중국어
　　　문학회, 1996.

로페즈 주니어 저, 정희은 옮김, ≪샹그릴라의 포로들≫, 창비, 2013.

바버라 포스터·마이클 포스터 지음, 엄우흠 옮김, ≪백일 년 동안의 여행≫,
　　　서울: 향연, 2004.

박성혜, 〈티베트 전통극 라뫼승계 연구〉, 연세대학교 박사학위논문, 2007.

박진태, ≪동아시아 샤머니즘 연극과 탈≫, 서울: 박이정, 1999.

백이제, ≪파드마 삼바바≫, 서울: 민음사, 2003.

비토리오 로베다 저, 윤길순 역, ≪앙코르와트≫, 서울: 문학동네, 2006.

빅터 메어 지음, 김진곤·정광훈 옮김, ≪그림과 공연 - 중국의 그림 구연과
　　　그 인도 기원≫, 서울: 소명출판, 2012.

심혁주, ≪티베트의 활불(活佛)제도 : 신(神)을 만드는 사람들≫, 서울: 서강
　　　대학교 출판부, 2010.

알렉산드라 다비드 넬 지음, 김은주 옮김, ≪영혼의 도시 라싸로 가는 길≫,
　　　서울: 르네상스, 2008.

알렉산드라 다비드 넬 지음, 김은주 옮김, ≪티베트 마법의 서≫, 서울: 르네
　　　상스, 2004.

양승규 역, ≪싸꺄빤디따의 명상록≫, 서울: 시륜, 2009.

원종민, 〈티벳 문자의 한글표기 방안〉, ≪중국학연구≫ 28권, 2004.

유원수 역, ≪몽골 대서사시 게세르 칸≫, 서울: 사계절출판사, 2007.

이동하, ≪한국문학 속의 도시와 이데올로기≫, 서울: 태학사, 1999.

이부영, ≪한국의 샤머니즘과 분석심리학-고통과 치유의 상징을 찾아서≫,
    서울: 한길사, 2012.

일리야 N. 마다손 채록, 양민종 옮김, ≪바이칼의 게세르신화≫, 서울: 도서
    출판 솔, 2008.

장연희, 〈탕카의 보존 기법 연구〉, 석사학위논문, 용인대학교, 2005.

정수일, ≪실크로드학≫, 서울: 창비, 2001.

조동일, ≪동아시아구비 서사시의 양상과 변천≫, 서울: 문학과지성사, 1997.

조송식, 〈티베트 탕카의 기원과 역사적 전개〉, ≪중국인문과학≫ 42권, 2009.

朱亥信 譯, ≪라마야나≫, 서울: 민족사, 1993.

지토편집부, 박철현 역, ≪1만년의 이야기 티베트≫, 서울: 새물결 출판사, 2011.

짱 옌 헤루까 지음, 날란다 역경위원회(영역), 양미성, 양승규 옮김, ≪마르
    빠≫, 서울: 탐구사, 2013.

칼 구스타프 융 저, ≪인간과 무의식의 상징≫, 이부영 역, 집문당, 2000.

펑잉취엔 저, 김승일 역, ≪티베트 종교 개설≫, 서울: 엠애드, 2012.

하비 콕스 지음, 구덕관 외 옮김, ≪세속도시≫, 서울: 대한기독교서회, 1993.

화정박물관, ≪티베트의 미술≫, 한빛문화재단, 1999.

R. A. 슈타인 지음, ≪티벳의 문화≫, 안성두 역, 도서출판 無憂樹, 2004.

〈중국어문헌〉

降邊嘉措 · 吳偉編撰, ≪格薩爾王全傳≫, 北京: 五洲傳播出版社, 2006.

降邊嘉措 · 周愛明, ≪藏族英雄史詩格薩爾唐卡≫, 北京 : 中國畫報出版社, 2003.

瓊邦 諾布旺典著, ≪唐卡中的神話傳奇≫, 西安: 陝西師範大學出版社, 2007.

季羨林, ≪羅摩衍那≫(季羨林全集, 第22卷- 第27卷), 外語教學與研究出版社, 2010年 6月.

古今, 〈≪客薩爾≫與≪羅摩衍那≫的比較研究〉, ≪西北民族學院學報≫, 1996年 第2期.

曲世宇撰文；吉布圖文, ≪唐卡中的佛菩薩上師≫, 西安：陝西師範大學出版社, 2007.

金石·彭敏, 〈深度的擠壓與廣度的繁榮-論≪格薩爾≫的傳播形態〉, ≪西藏大學學報≫ 第28卷 第3期. 2013年 9月.

吉布著, ≪唐卡的故事之男女雙修≫, 西安: 陝西師範大學出版社, 2006.

盧鐵澎, 〈印度古代美意識的矛盾性-從史詩≪羅摩衍那≫說起〉, ≪國外文學≫, 2001年 第1期.

孟昭毅, 〈≪羅摩衍那≫人文精神的現代闡釋〉, ≪外國文學研究≫, 1999年 第3期.

四川省博物院·四川大學博物館 編著, ≪格薩爾唐卡研究≫, 北京: 中華書局, 2012.

索代, 〈≪羅摩衍那≫與 ≪格薩爾王傳≫〉, ≪西藏藝術研究≫, 2001年 3月.

石泰安著；耿昇譯；陳慶英校訂, ≪西藏史詩和說唱藝人≫, 北京: 中國藏學出版社, 2005.

尕藏才旦編著, ≪史前社會與格薩尔時代≫, 蘭州: 甘肅民族出版社, 2001.

阿來 著, ≪格薩爾王≫, 重慶: 重慶出版社, 2009年.

冶青措, 〈藏族≪格薩爾≫唐卡藝術的繼承與發展〉,≪攀登≫, 2010年 29期.

冶青措, 〈淺談≪格薩爾≫唐卡藝術〉, ≪青海社會科學≫, 2009年 3期.

楊恩洪, ≪民間詩神 : 格薩爾藝人研究≫, 北京: 中國藏學出版社, 1995.

楊恩洪, ≪中國少數民族英雄史詩≪格薩爾≫≫, 杭州: 浙江教育出版社, 1995.

王宏印·王治國, 〈集體記憶的千年傳唱 : 藏蒙史詩 ≪格薩爾≫的翻譯與傳播研究〉, ≪中國翻譯≫, 2011年 第2期.

王治國, 〈≪格薩爾≫"本事"與異文本傳承〉, ≪西藏大學學報≫, 第28卷 第1期, 2013年 3月.

王治國, 〈海外漢學詩域下的≪格薩爾≫史詩翻譯〉, ≪山東外語教學≫, 2012年第3期(總 第148期).

王浩, 〈策·達木丁蘇倫與≪羅摩衍那≫蒙古本土化研究〉, ≪內蒙古民族大學
學報≫, 2006年 第2期.

郁龍余 編, ≪中印文學關係源流≫, 長沙: 湖南文藝出版社, 1987年.

劉舜堯, 〈四川博物院藏唐卡〉, ≪收藏家≫, 2011年 6期.

李郊, 〈從≪客薩爾王傳≫與≪羅摩衍那≫的比較看東方史詩的發展〉, ≪四川
師範大學學報≫, 1994年 4月.

仁欠卓瑪, 〈≪羅摩衍那≫的敦煌古藏文譯本和漢文譯本的比較〉, ≪西藏研究≫,
2003年 第3期.

任乃强, 〈蠻三國的初步紹介〉, ≪政公論≫, 第4卷, 第4-6冊, 1945.

周洪, 〈論作爲觀念藝術的唐卡繪畫創作特性〉, ≪重慶職業技術學院學報≫ 第
16卷, 2007年 2期.

陳志學·周愛明, 〈稀世珍寶≪格薩爾≫唐卡〉, ≪中国西藏≫, 2004年 1期.

扎西東珠, ≪格薩爾≫研究現實意義及其文學飜譯硏究問題芻議〉, ≪蘭州學刊≫,
總 第178期, 2008年 7月.

許光華, ≪法國漢學史≫, 北京: 學苑出版社, 2009.

〈영어문헌〉

A.H. Francke, *A Lower Ladakhi version of the Kesar saga*, New Delhi : Asian
Educational Services, 2000.

Ajay Kumar Singh. *An aesthetic voyage of Indo-Tibetan painting : Alchi and
Tabo*, Varanasi : Kala Prakashan, 2006.

Alexandra David-Néel & The Lama Yongden ; translated with the collaboration of
Violet Sydney, *The superhuman life of Gesar of Ling*, London : Rider, 1959.

Alexandra David-Nell, *The Superhuman Life of Gesar of Ling*, Boston & London :
Shambhala, 1987.

Alsace Yen, "A Technique of Chinese Fiction : Adaptation in the "Hsi-yu Chi" with Focus on Chapter Nine", *Chinese Literature: Essays, Articles, Reviews* 1:2, CLEAR, 1979.

Barbara Foster and Michael Foster, *The Secret lives of Alexandra David-Neel*, Woodstock, N.Y. : Overlook Press, 1998.

Bryan J. Cuevas, *The hidden history of the Tibetan book of the dead*, Oxford ; New York : Oxford University Press, 2003.

Clare Harris. *In the image of Tibet : Tibetan painting after 1959*, London : Reaktion Books, 1999.

David Jackson and Janice Jackson, *Tibetan Thangka Painting : Methods & Materials*, Boulder, Colorado : Shambhala : Distributed in the U.S. by Random House, 1984.

David Paul Jackson, *A history of Tibetan painting : the great Tibetan painters and their traditions*, Wien : Verlag der Österreichischen Akademie der Wissenschaften, 1996.

David Paul Jackson, *The Nepalese legacy in Tibetan painting*, New York : Rubin Museum of Art, 2010.

Douglas J. Penick, *The warrior song of King Gesar*, Boston; Wisdom Publication, 1996.

Edited by Brandon Dotson, *Contemporary visions in Tibetan studies : proceedings of the First International Seminar of Young Tibetologists*, Chicago : Serindia Publications, 2009.

Edited by Bryan J. Cuevas and Jacqueline I. Stone. *The Buddhist dead : practices, discourses, representations*, Honolulu : University of Hawaii Press, 2007.

Edited by V. Raghavan, *The Ramayana Tradition In Asia*, New Delhi: SAHITYA AKADEMI, 1980.

Editing by W.Y. Evans-Wentz ; with psychological commentary by C.G. Jung ;

with a new foreword by Donald S. Lopex, Jr., *The Tibetan book of the great liberation, : or, The method of realizing nirvāṇa through knowing the mind (preceded by an epitome of Padma-Sambhava's biography)*, London ; New York : Oxford University Press, 1954.

George N. Roerich, "The epic of King Kesar of Ling", *Journal of Royal Asiatic Society Bengal, Letters*, vol. VIII, n0 2, 1942.

George Roerich, *Tibetan paintings*, Delhi : Gian Pub. House, 1985.

Georgios T. Halkias, *Luminous Bliss-A Religious History of Pure Land Literature in Tibet*, Honolulu : University of Hawaii Press, 2013

Hugo Kreijger. *Tibetan painting : the Jucker Collection*, Boston : Shambhala : Distributed in the U.S. by Random House, 2001.

Ida Zeitlin, *Gessar Khan: A Legend of Tibet*, New Delhi : Pilgrims Book House, First Published in 1927, Re-Published in 2004.

J.W.de Jong, *The Story of Rama in Tibet - Text and Translation of the Tun-huang Manuscripts*, Boston: Wiesbaden, 1989.

Jackson, David Paul. *Mirror of the Buddha : early portraits from Tibet : from the Masterworks of Tibetan painting series*, New York : Rubin Museum of Art, 2011.

Jacob Dalton, *The Taming of the Demons: Violence and Liberation in Tibetan Buddhism*, New Haven : Yale University Press, 2011.

Jambian. Gyamco, *Thangka paintings : an illustrated manual of the Tibetan epic Gesar*, Beijing, P.R.C. : China Pictorial Pub. House, 2003.

Matthew T. Kapstein, *The Tibetan Assimilation of Buddhism - Conversion, Contestation, and Memory*, New York : Oxford University press, 2000.

Meir Shahar. "The Lingyin Si Monkey Disciples and The Origins of Sun Wukon". *Harvard Journal of Asiatic Studies* 52:1, Harvard-Yenching Institute, 1992.

PLAL, *The Ramayana of Valmiki*, New Delhi: Vikas Publishing House PVT

LTD, 1981.

Pratapaditya Pal. *Tibetan paintings : a study of Tibetan thankas, eleventh to nineteenth centuries*, Basel, Switzerland : R. Kumar. 1984.

Robert P. Goldman, *The Ramayana of Valmiki*, N. J. : Princeton University, 1984.

Robin Kornman, Lama Chonam, Sangye Khandro, *The Epic of Gesar of Ling: Gesar's Magical Birth, Early Years, and Coronation as King*, Boston & London : Shambhala, 2013.

Rolf Alfred Stein, *Recherches sur l'épopée et le barde au Tibet*, Paris : Presses universitaires de France, 1959.

Siegbert Hummel ; translated by Guido Vogliotti. *Eurasian mythology in the Tibetan epic of Ge-sar*, Dharamsala : Library of Tibetan Works and Archives, 1998.

Victor H. Mair. *Painting and performance : Chinese picture recitation and its Indian genesis*, Honolulu : University of Hawaii Press, 1988.

Zuyan Zhou, "Carnivalization in The Journey to the West: Cultural Dialogism in Fictional Festivity", *Chinese Literature: Essays, Articles, Reviews* 16, CLEAR, 1994.

▌찾아보기 ▌

● 약력

나선희(羅善姬 : sunnyrha2002@naver.com)

서울대학교 중문학과를 졸업하고 동대학원에서 《《서유기》연구-허구적 세계에 대한 인식을 중심으로)로 박사학위를 취득하였다. 1994년에 교환유학생으로 일본 동경대학교에서 수학하였고, 2002년에는 중국의 소주대학교에서 연구하였다. 2004년부터 2006년까지 미국 일리노이대학(University of Illinois Urbana-Champaign)에서, 그리고 2011년부터 2015년까지 버클리대학(University of California, Berkeley)에서 방문연구원으로 재직하였다. 현재는 서울대학교 중국어문학연구소의 객원연구원으로 있다. 주요 저작으로《서유기-고대 중국인의 사이버스페이스》가 있고, 논문으로는 〈인도서사시《라마야나》와 중국소설 《서유기》의 관련성에 대해〉, 〈《태평광기太平廣記》귀부鬼部에서 나타나는 이야기의 상호텍스트성과 공간인식〉 등이 있다.

실크로드로의 초대 - 서유기·게사르전·라마야나

초판 인쇄   2017년 7월   21일
초판 발행   2017년 7월   28일

지 은 이 | 나 선 희
펴 낸 이 | 하 운 근
펴 낸 곳 | 學古房

주   소 | 경기도 고양시 덕양구 통일로 140 삼송테크노밸리 A동 B224
전   화 | (02)353-9908   편집부(02)356-9903
팩   스 | (02)6959-8234
홈페이지 | http://hakgobang.co.kr/
전자우편 | hakgobang@naver.com, hakgobang@chol.com
등록번호 | 제311-1994-000001호

ISBN   978-89-6071-674-2   93820

값 : 11,000원

이 도서의 국립중앙도서관 출판예정도서목록(CIP)은 서지정보유통지원시스템 홈페이지 (http://seoji.nl.go.kr)와 국가자료공동목록시스템(http://www.nl.go.kr/kolisnet)에서 이용하실 수 있습니다. (CIP제어번호 : CIP2017018375)